小さなざわめきが生まれたのは、
ノアがその剣の刃に対して、口付けを落としたからだ。
「──私のすべては未来永劫、
姫殿下のものです」

ノアはクラウディアの背中に腕を回し、
大切な壊れ物を扱うように抱き締めると、
耳元でこう囁いた。
「――『ディア』」
クラウディアのことを呼んだのは、
低くて少しだけ掠れた声だった。

「——さあ。どういうことなの？　ノア」
「っ　姫殿下……」

虐げられた追放王女は、転生した伝説の魔女でした

～迎えに来られても困ります。従僕とのお昼寝を邪魔しないでください～

4

雨川透子
TOUKO AMEKAWA
Illustration 黒裄

CONTENTS

4

THE OPPRESSED EXILE PRINCESS WAS A REINCARNATED LEGENDARY WITCH.
I DON'T WANT TO COME TO PICK YOU UP.
PLEASE DON'T DISTURB THE NAP WITH MY SERVANT.

プロローグ

レミルシア国の国王は、あるときから壊れてしまっていた。

元より王の器ではなかったのだと、臣下たちは囁《ささや》きあったものだ。その王は自らの兄を憎み、クーデターによって継承権を剝奪した上で、そうやって王になったのである。

けれどもあるときこの国に、オパール色の瞳を持つ『魔女』が訪れた。

すべての魔法の性質が込められた瞳を持つ『魔女』は、黒髪の青年を従えていたそうだ。レミルシア国の王はその青年と対峙《たいじ》した際に、魂を削り取られたのだという。

そのことを知る国民は居ない。けれども城内の面々には、その出来事を知っている者が残っている。

あれから七年が経《た》ったいま、レミルシア国は大きな転換期を迎えようとしていた。

「――国王陛下が崩御《ほうぎょ》なさった」

レミルシア国の筆頭魔術師が、玉座の間でそう言い放つ。

居並ぶ高官たちの表情に、動揺や困惑の色は見えない。かの王は最早《もはや》レミルシア国にとって、邪魔になる飾り物でしかなかったのだ。

「陛下亡き今、我らの国を統べるはただおひとり。慣例に則《のっと》り三年の喪に服したのち、このお方が王位を継承なさる」

黒いローブに身を包んだ魔術師は、ひとりの青年を振り返る。

「ジークハルト殿下」

「……」

王太子ジークハルトは頷《うなず》くと、ゆっくりと前に歩み出た。

貴族ばかりで構成された高官たちは、すぐさまジークハルトに跪《ひざまず》く。彼の父が存命だったころからずっと、この城の実質的な『王』は、十五歳の王太子ジークハルトなのだった。

「父が在位している間、お前たちには苦労を掛けた。若輩の俺を支えてくれたこと、礼を言う」

「王太子殿下。なんという、勿体無《もったいな》きお言葉……！」

この場に揃《そろ》った高官たちは、ジークハルトの言葉を受けて身を震わせる。彼らを労《ねぎら》う微笑《ほほえ》みを浮かべたジークハルトは、すぐに表情を引き締めた。

「ここからだ。三年間の御禊《ごけい》の儀をもって、俺は父からすべての力を継承できる。そうすることで、初代国王ライナルトの力を得た暁には――……」

黒曜石の色をした目を眇《すが》め、ジークハルトが彼らに告げる。

「この国は、どんな強国をも滅ぼす力を手に入れるだろう」

「ああ、我らが王よ……!!」

そしてジークハルトは、筆頭魔術師に命じるのだった。

「結界を張る準備に移れ。全国民に通達が終わり次第、この国へのすべての出入りを制限する」

「服喪期間の国境封鎖は、以前より知らしめてあったこと。有無を言わさず、これより塞いでしまってもよろしいのでは？」

「混乱は最小限に抑えてやりたいんだ。いまから三年後に起こることは、民にとっても影響が大きいだろう？」

「……仰せの通りに」

筆頭魔術師の一礼に、ジークハルトはふっと笑った。

高官たちはすでに動き始め、各々《おのおの》の配下に指示を飛ばしている。それを眺めながら腰を下ろした玉座は、壊れてしまった父の存命中は、ジークハルトに触れることが出来なかったものだ。

「準備が出来たら娶《めと》りに行く。……待っていろ、アーデルハイト」

それから脳裏に描くのは、かつて対峙したことのある血縁の青年だった。

（レオンハルト。ようやくお前から、アーデルハイトを取り戻すぞ）

第1章

アビアノイア国王城の聖堂には、錚々《そうそう》たる顔触れが集まっていた。

筆頭魔術師のカールハインツや、各部門の大臣ばかりではない。聖堂の二階に設けられた特別席には、王族たちが着座している。

この国の現正妃であるカサンドラと、十七歳である王太子ヴィルヘルム。十六歳の王子エーレンフリートと、同じく十六歳の王女エミリアだ。

そして彼らの後ろには、国王フォルクハルトが王の椅子に着き、頬杖《ほおづえ》で階下を見下ろしていた。

いまこのときが、ちょうど頃合いだ。正装のローブを纏《まと》ったカールハインツが歩み出て、儀式の始まりを宣言する。

「これより、騎士爵の叙勲式を始める」

国や王族を守る魔術師たちは、多くの国で『騎士』の称号を与えられていた。

アビアノイア国でも例外ではない。日頃は『魔術師』と呼称されるものの、国家直属の魔術兵は騎士に分類される。

その中でも、親から継ぐべき爵位のない優秀な騎士には、騎士爵という特別な爵位が与えられることになっていた。

例外的な地位ということもあり、あまり存在しない身分だ。アビアノイア国では十年以上前、筆頭魔術師のカールハインツが授与されたのが最後である。

この珍しい式典に、参列者たちは何処《どこ》か浮き立っていた。

カールハインツはそれを一瞥《いちべつ》すると、祭壇の奥に立つ王女へと請う。

「クラウディア・ナターリエ・ブライトクロイツ姫殿下。こちらへ」

「――――……」

王女クラウディアが歩み出た瞬間、聖堂内には感嘆の溜《た》め息《いき》が零《こぼ》れた。

クラウディアが悠然と歩み出せば、燭台《しょくだい》の灯《あか》りを受けたミルクティー色の髪が、淡く発光しているかのように輝く。

緩やかに編み込んだ髪は、大人びたアップに結い上げて、頭には硝子《ガラス》のティアラを付けていた。華奢《きゃしゃ》なティアラはクラウディアの容姿を引き立て、神々《こうごう》しさすら放っている。

クラウディアが身に纏うのは、神聖な儀式にふさわしい白のドレスだ。体のラインに沿ったシルエットを描き、上品でシンプルな作りのドレスは、金糸での刺繍《ししゅう》が施されている。

どの職人が仕立てたドレスなのかと、令嬢たちが血眼《ちまなこ》になって探しても見付からない。クラウディアが纏うドレスはすべて、忠実な従僕の魔法による作品だからだ。

「クラウディア姫殿下。この所ますますお綺麗《きれい》になられて……」

参列者のひとりが小声で呟《つぶや》く。厳粛な儀式の最中でも咎《とが》められないのは、誰もが同じ感情を持っていたからだろう。

「まだ十三歳であらせられるというのに、無邪気さの中に素晴らしい気品をお持ちだ」

「…………」

祭壇の中央に立ったクラウディアは、赤く延びる絨毯《じゅうたん》の道に向き直ると、参列者たちに向けてにこりと微笑《ほほえ》んだ。

つい先日十三歳の誕生日を迎えたこの王女は、年齢の割には小柄だ。今日はドレスの上にマントを羽織っており、それが却《かえ》って華奢さを際立たせている。

にもかかわらず、クラウディアの放つその存在感は、その場にいる人間の視線を釘付《くぎづ》けにして離さないほどのものだった。

ぱっちりとした大きな瞳と長い睫毛《まつげ》、通った鼻筋。小さなくちびるは柔らかな赤に色付いていて、可愛《かわい》らしくも美しい。

クラウディアは参列者を見渡した後、瞑目《めいもく》してから表情を消した。

ややあって彼女が目を開くと、その場の空気が一層澄み渡る。ただでさえ静かだった聖堂内が、ますます清廉に静まり返った。

クラウディアの透き通ったその声が、言葉を紡ぐ。

「――どうかこちらへ。私のノア」

閉ざされていた聖堂の扉が、ゆっくりと重厚な音を立てながら開け放たれた。

振り返った参列者たちは、差し込んできた強い光に目を眇《すが》める。そうして陽光の向こう側に、青年の姿を見留めるのだ。

背の高い黒髪の青年が、真《ま》っ直《す》ぐに王女を見据えていた。

それを見詰め返したクラウディアのまなざしが、青年の歩みを許したのだろう。彼は迷いのない足取りで、王女のもとに延びる赤い道を進んでゆく。

青年の涼やかな面差しは、女性たちが息を呑《の》むほどに整っていた。

切れ長の目は凜《りん》としていて、冷たく見えるのに誠実そうだ。実直な意志を宿しており、力強く揺るぎない。

均整が取れた身体《からだ》であり、しっかりと筋肉がついているのも窺《うかが》えた。まだ何処となく細身の印象を受けるのは、更なる成長の余地を残しているからなのだろう。

青年の刻む硬い靴音は、クラウディアの前で止まる。

「――クラウディア姫殿下」

黒の軍服を纏った彼は、その場で彼女へと跪《ひざまず》いた。

その光景はとても絵になっており、まるで一枚の絵画のようだ。従僕に名を呼ばれたクラウディアは、それに応えてくちびるを開いた。

「『私の忠実なるしもべ。私の剣であり、盾である者』」

その口上をひとつの詠唱としながら、クラウディアは右手を虚空に差し出す。

銀色の光が集まって、それは剣の形を作り始めた。

「『永劫《えいごう》の忠誠を捧《ささ》げなさい。さすれば我が力はお前を助け、お前に栄誉を与えましょう』」

「……」

「『私の騎士たる者。私の誉《ほま》れであり、矜持《きょうじ》となる者』」

光によって作られた剣の刃を、クラウディアはノアに突き付ける。

「『誓いなさい。永劫の、忠誠を』」

儀式のあり方はさまざまだ。この刃を従者の首筋に当てる主《あるじ》もあれば、従者の肩に刀身で触れる主もある。

このふたりはどんな様式なのか、参列者たちが注目のまなざしを強めた。クラウディアに忠誠を促されたノアは、跪いたまま口を開く。

「……元より」

手袋を嵌《は》めたノアの手が、クラウディアの剣に触れる。

まるで女性のおとがいを摑《つか》まえるかのように、指先がそっと刃を掬《すく》った。

小さなざわめきが生まれたのは、ノアがその剣の刃に対して、口付けを落としたからだ。

「――私のすべては未来永劫、姫殿下のものです」

「……」

熱烈な宣誓を受け取ったクラウディアは、くすっと笑って高らかに告げた。

「……今ここに宣言いたします！　国王陛下の名代《みょうだい》たる私の名のもと、ノアはこれより我が国の、誇り高き騎士となりました！」

その瞬間、聖堂は歓声に包まれる。

こうして十六歳になったノアは、この国の成人年齢に到達したことにより、騎士爵という身分を与えられたのだった。

＊＊＊

叙勲式を終えたあと、聖堂の控室でマントを外したクラウディアは、いつも通り従僕にそれを差し出した。

十三歳の華奢な肩には、刺繍糸や宝石をふんだんに使ったマントは重すぎる。ほうっと息を吐き出すと、白いマントを受け取った従僕がこう述べるのだ。

「先ほどは素晴らしいお姿でした。姫殿下」

「まあ。素晴らしいだなんて」

ふたりっきりの控室で、おかしくなってクラウディアは笑う。

「あの式の主役は私じゃないわ。お前こそ本当にすごく立派で、とっても誇らしかったわよ」

そう言って彼の方に手を伸ばすと、その頭をよしよしと撫《な》でてやった。毛先の跳ねた黒髪は、子供の頃から変わらずに触り心地が良い。

「騎士爵の叙勲、おめでとう。――可愛い可愛い、私のノア」

「……姫殿下のお言葉、有り難く賜《たまわ》りますが……」

目の前に立っているノアは、少し眉根を寄せていた。

先月十六歳の誕生日を迎えて以降、ノアは日に日に大人びている。多くの国で成人とされる年齢になり、心構えが変わったのだろう。

元々寡黙で物静かな少年だったが、その雰囲気が成熟しつつあるのだ。

まだまだ発展途上な一面を感じるものの、恐らくノアの胸中に、自分が子供であるという言い訳は存在していない。

「地位も称号も、俺にとってはさほど重要ではありません。あなたの従僕であろうと騎士であろうと、やるべきことに変わりはない」

「あら、それはなあに？」

「あなたにすべてを捧げるだけです。――その許しをいただけるのであれば、俺には他に何もいりません」

その真っ直ぐなまなざしは、少年だった頃よりも一段と研ぎ澄まされていた。

出会ったばかりのクラウディアであれば、この忠誠をはっきり拒んでいただろう。ノアにはノアの生きるべき人生があり、クラウディアに費やすものではないと叱ったはずだ。

けれどもいまのクラウディアは、ノアの『すべて』を受け入れると決めている。

惜しみなくノアの命を使い、クラウディア自身の命を預けることが、ノアにとって爵位以上の誉れだと知っているからだ。

だからこそ、ただ彼の成長を祝うだけではなく、このところの懸念事項についても共有しておく。

「叙勲式の最中に、あなたの祖国の情報が入ったわ」

「……」

微笑みながらそう告げると、ノアが静かに目を伏せた。

「レミルシア国に転移出来なくなったのは、やはり国王崩御《ほうぎょ》後に国境を封鎖したからよ。大喪《たいそう》のためだという名目で結界を張って、国への出入りを極端に制限したみたい」

「あの国では確かに大昔、そういった儀式が存在したようですが……」

「あなたたちの先祖であるライナルトが、なにかの魔法を残したのかもしれないわね」

レミルシア国の異変を察知したのは、いまからほんの一週間ほど前のことである。

そもそもノアはその国の王族であり、かつての王太子だった。

九歳の頃に確執を葬り去り、その地位を捨ててクラウディアの従僕になった中で、今から二年と数ヶ月前にとある出来事があったのだ。

それはノアの従兄弟《いとこ》である少年、ジークハルトとの出会いだった。

ジークハルトは呪いの魔法道具に関与しており、その他にも怪しい動きを取っている。

そのことが判明したものの、かの国にさまざまな思惑があるのは明白だ。迂闊《うかつ》な動きを取る訳にもいかず、間接的かつ入念な準備を重ねている中で、ノアの叔父《おじ》だった国王が亡くなったとの報《しら》せが届いた。

それは即《すなわ》ち、ジークハルトが国王になることを意味する。

そしてかの国は、三年という長期間の喪に服すと同時に、国境を結界によって封鎖したのだ。

「結界を張られる前に、『服喪期間中は国への出入りが出来なくなる』と通達があったそうよ。セドリック先輩はおうちの判断で、先輩だけが国外に出ることになったのですって」

「……その結界は、外敵を阻むものなのでしょうか？　それともかつて奴《やつ》に出会った、海底にある学院のように……」

「国民を中に閉じ込めるため。──そんな機能を持っていても、おかしくはないわね」

そう告げるとノアは息を吐き、クラウディアに尋ねてくる。

「いかなる結界であろうとも、ご命令をいただければ俺が破ります。ですが、強行突破をなさるおつもりはないのでしょう？」

「いまは時期尚早《しょうそう》だわ。あの国が世界中に『呪い』をばら撒《ま》いているのであれば、一歩間違えると無関係の民に犠牲が出てしまうもの。……それも、か弱くて幼い存在から順番に」

どれほどまだるっこしく感じても、順番に手数を踏んでゆくしかない。

クラウディアが少しだけ俯《うつむ》くと、ノアがクラウディアの前に跪き、こちらを見上げながら手を取った。

「ひとつずつではありますが、『呪い』は確実に破壊されています。七年間ものあいだ尽力なさっている姫殿下が、そのようなお顔をなさる必要はありません」

「……ノア」

ノアは真摯なまなざしを向け、クラウディアに告げる。

「すべての準備が整えば、万事が姫殿下の思うままになります。ですから今は少しだけ、「ご辛抱を」

「────……」

ノアが大人びた表情をするようになったのも、それは当然のことなのだ。

出会ってから七年が経《た》ったということは、七年間ずっと支えてくれていたということなのである。

クラウディアは微笑んで、ノアの頭を再び撫でた。

「さっきの叙勲式。私の剣にキスをしたでしょう?」

「……ああ。そうですね」

「ノアったら。何処であんなことを覚えたのかしら」

儀式の際にどう振る舞うかは、ノアの自由にしていいと告げていた。

ノアはシンプルな物事を好む。簡素なもので終えると想像していたのに、思いのほか情熱的で驚いたのだ。

「とっても格好良かったから、少しどきどきしてしまったわ」

「………………」

冗談めかしてそう告げれば、ノアはクラウディアを真顔で見つめる。

数年前までのノアであれば、こうして揶揄《からか》うと顔を赤くしていたはずだ。けれども最近のノアときたら、随分と余裕を身につけてしまったのである。

たとえばこんなとき、少しだけ挑むような笑みを浮かべるくらいには。

「姫殿下のお心を乱せたのであれば、慣れないことをした甲斐《かい》があります」

(あら。ノアが少しだけ生意気ね)

クラウディアがくちびるを尖《とが》らせると、ノアは「それに」と付け足した。

「騎士としての叙勲など不要だと感じていましたが、あの儀式は受けてみれば僥倖《ぎょうこう》でした」

「？」

僅かに笑みを浮かべたまま、目を伏せたノアが言う。

「――俺が姫殿下のものであると、国中に証明出来たような気分です」

「ふふっ」

仕方のない子供をあやすような心境で、クラウディアは小さく微笑んだ。

するとそのとき控室に、ひとりの少女が飛び込んでくる。

「ううう、ぐす……っ!!　おめでとうノア、そしてクラウディア……!!」

「わあ、エミねーさま！」

泣きじゃくりながら抱き付いてきたその少女を、クラウディアはぎゅっと抱き止めた。

立ち上がったノアが見守る中、クラウディアを抱き締めたのは、ノアと同じ十六歳になった姉姫のエミリアだ。

「エミねーさまどうして泣いてるの？　どこか痛い？」

クラウディアはいつもの通り、十三歳にしては幼い振る舞いに切り替える。エミリアはクラウディアに抱き付いたまま、涙声でこう言った。

「泣いてしまうに決まっているじゃない、あの小さかったクラウディアが叙勲式を務め上げたんだもの……！　可愛いし綺麗だし美しかったわ、クラウディアは世界一の王女さまよ！」

「えへへ、嬉《うれ》しい。だけど世界一の王女さまは、エミねーさまの方だよ？」

「クラウディアの意見だろうと譲れないわ！　世界一の王女さまはクラウディアよ！」

エミリアは続いてクラウディアから身を離すと、今度は傍らのノアを見上げた。

「ノアあなたも、本当に本当におめでとう……！　九歳のときからクラウディアに仕えて七年、孤児の身分から騎士爵を得るなんて……!!　それもこれもあなたの弛《たゆ》まぬ努力が、うっ、ううう、ずび……っ!!」

「……エミリア姫殿下。お言葉は有り難いのですが、まずはお顔を拭かれてはいかがかと」

「そうだぞエミリア」

遅れて控室に入ってきたのは、兄王子ヴィルヘルムとエーレンフリートである。ぐすぐす泣いているエミリアを見て、長兄のヴィルヘルムが呆《あき》れた顔をした。

「あーあーひどい有り様じゃないか。嬉し泣きとはいえそんな状態じゃ、クラウディアが困るだろ？　なあクラウディア」

「んーん！　私、エミねーさまにぎゅっとされて嬉しかったよ？」

「一大事だ。俺たちの妹が良い子で可愛すぎる……」

額を押さえて溜め息をついたヴィルヘルムは、十七歳になってすっかり青年らしくなった。少年の頃の正義感は真っ直ぐに育まれ、城下にも頻繁に赴いているようで、いまや庶民の子供からも慕われる存在になっている。

大泣きをしている姉姫のエミリアは、あちこちの国から結婚を申し込まれていた。

そのうちの一カ国の王子とは、魔法の手紙を毎夜やりとりしているのだという。ある晩「クラウディアにだけは」と、頬を染めながら打ち明けてくれた。

エミリアはこの頃、前にも増してクラウディアを溺愛するようになったのだが、それは自分がもうすぐこの国を離れるという自覚がある所為《せい》なのだろう。姉がお嫁に行ってしまうのはクラウディアも寂しいので、その愛情を存分に浴びることにしている。

「まったく……」

そのとき次兄のエーレンフリートが、怜悧《れいり》な瞳を伏せながら溜め息をついた。

「兄上もエミリアも暑苦しいよ。もっと僕やノアみたいに、落ち着いて冷静な態度でいるべきだ」

「エルにーさま！」

エーレンフリートは各国の魔法機関に呼び出され、眠る暇もなく働いている。本人が好きで学んでいることとはいえ、目元には薄い隈《くま》が浮いていた。儚《はかな》げな風貌に磨きが掛かり、女性たちには大人気なのだそうだ。

「クラウディアももう十三歳なんだし、立派に儀式を遂行できて当然だろ？　ノアだってこれだけ頑張ってきたんだから、騎士爵を授与されるのは既定路線。何をそんなに感動してるのか分からないな」

「そんなこと言ってエーレンフリート。あなただって叙勲式のとき、泣きそうになってたの見たんだからね……！」

「っ、そ、それは……!!」

兄や姉たちのその言葉に、クラウディアはくすくすと笑った。

「にーさまたちもねーさまも、見守っててくれてありがと！　にーさまたちが『頑張れ』って心の中で応援してくれてたの、ちゃーんと分かったよ！」

「クラウディア……！」

「だけど今日の『おめでとう』は、私じゃなくて全部ノアのものにしてあげたいの。だからノアを褒めてあげて？」

クラウディアは一歩踏み出すと、背の高いノアのことを見上げて微笑む。

「ね。ノア」

「……姫殿下……」

いささかばつが悪そうな表情をしてみせたのは、クラウディアの意図を汲《く》んだからなのだろう。

本人が何もいらないと断言するものの、ノアの努力は本物だ。それを誰もが知っていたからこそ、滅多に授与されない騎士爵の地位が授けられた。

「特にとーさまのお許しが出たのは、とってもとってもすごいことよ？」

「そうだぞノア。あの父上がお前を認めてるってことなんだから、もっと胸を張れ！」

クラウディアだって、自慢の従僕である騎士をもっと褒めてもらいたい。こういったたくさんの賞賛を、ノアに浴びせてあげたいと感じる。

「これからお祝いのパーティよ、ノア。とーさまも参加するって言うし、カールハインツだってきっと内心ではわくわくで浮かれているわ！」

「……カールハインツさまが浮かれているところは、教え子としてあまり見たくない気もしますが」

「貴重な瞬間を逃しちゃ駄目！　さ、行きま――」

その瞬間、クラウディアはぴたりと声を止めた。

ほとんど同時にノアも気が付き、ふたりで同時に魔力を巡らせる。

（……来る）

クラウディアが視線で合図をすると、ノアがすぐさま結界を張った。室内の守りが固まった瞬間、辺りの空気がびりびりと揺れる。

「きゃああっ!?」

「な、なんだ!?」

兄姉たちが悲鳴を上げ、みんな咄嗟《とっさ》に耳を押さえた。

ノアの魔法による結界のお陰で、衝撃は多少和らいだはずだ。それでも不快な耳鳴りが、鼓膜を震わせて痛みを生んだ。

（この国を守る結界に、なんらかの接触があったのだわ。場所はこの王城の上空、つまりは真上）

クラウディアはぱっと顔を上げると、自分を庇《かば》うように立つノアに告げる。

「ノア」

「は。姫殿下」

ノアに抱き上げられたクラウディアは、兄たちを振り返ってにこりと笑った。

「にーさまたち！　私、ノアと一緒に見てくるね！」

「クラウディア!?」

詳細な指示を出さなくとも、優秀なノアは理解している。転移魔法の行き先は、結界の反応があった場所だ。

(嫌な気配。これは、この目で見るまでもなく――……)

＊＊＊

クラウディアの父王フォルクハルトは、足を止めて上空を見上げていた。

この国を覆う結界は、筆頭魔術師カールハインツを始めとする、魔術師たちの魔法によって練り上げられている。許可の無い他国からの転移魔法や、攻撃魔法の類《たぐい》を弾《はじ》くものだ。

これは最高峰の防御であり、少々のことでは脅《おびや》かされない。傍《そば》に控えたカールハインツも、涼しい顔で空を見据えている。

だが、フォルクハルトたちがわざわざそちらに視線を向けたのは、結界を破ろうとしている『何か』が異質なものだったからだ。

「ふ。……あれはなんだと思う？　カールハインツ」

フォルクハルトは喉を鳴らして笑い、その異物を注視する。太陽の光を受けたそれは、眩《まばゆ》い金色に光り輝いていた。

「魔法の類ではないようだが、それにしては異質な魔力を帯びている。――これではまるで、星が落ちてきたかのようだ」

「城内にお入りください。フォルクハルト陛下」

カールハインツはフォルクハルトを背にして立つと、ローブの裾を翻しながら続けて述べる。

「結界が防いでいるようですが、万が一ということもあります。どうやらあの異物は、かなりの重量がある様子」

「なんだ。面白いではないか」

この国の王城を狙ってきたのか、はたまた偶然の代物《しろもの》なのかは分からない。とはいえ興味を惹《ひ》かれたので、フォルクハルトはこう命じた。

「結界を開き、あの異物を城内に受け入れてやれ」

「陛下」

カールハインツの声音には、フォルクハルトを諌《いさ》める響きが混じっている。

「恐れながら。そのようなお戯《たわむ》れの末に、陛下の御身に何かあっては……」

「誰が私直々に遊んでやると言った？　ちょうど良いのがいるだろう。そら、呼び出してやる前に来たようだ」

フォルクハルトは後ろに視線を向ける。カールハインツも分かっていて、小さく溜め息をついてみせた。

「陛下」

「我が娘の騎士が叙勲されたというのに、その披露目が儀式だけでは物足りん。見ろ、何やら臣下ども集まって来たようだぞ」

その瞬間、転移魔法が発動した。

「────……」

光の中から姿を見せたのは、ひとりの魔剣士だ。

末娘のクラウディアを抱きかかえた黒髪のそれは、フォルクハルトの姿を見留めると、クラウディアを降ろしてから跪く。

その魔剣士の姿を見た瞬間、貴族たちが期待の声を上げた。

「見ろ、姫殿下の騎士だ！」

「この国に生まれた新たな騎士。筆頭魔術師であるカールハインツ殿の弟子であり、クラウディア姫殿下を守る剣……！」

フォルクハルトは小さく笑い、その騎士の前に立って目を眇める。

「よく来たな。こういうときに鼻が利くのが、使い勝手のいい臣下というものだ」

「私は主君よりご命令を賜ったまで。慧眼《けいがん》をお持ちなのは姫殿下です」

「ねえねえとーさま！　お空にあるきらきら、あれはなあに？」

クラウディアは無邪気な表情で目を輝かせ、空に光るものを指差した。その幼さは、先ほどまでの式典とは全く違ったものだ。

「この国の結界を破ろうとする異物だ。忌々しい魔力を帯びている」

「ふうん？　ねえねえ、じゃああれ……」

天真爛漫《てんしんらんまん》に振る舞っているが、クラウディアが纏う雰囲気は異質だ。幼い子供そのものの言動を取っていても、その根底には支配者たる魔術師の胆力がある。

「――ノアがやっつけちゃっていい？」

「っ、ははは！」

幼い姫のその言葉が、フォルクハルトには心底から面白い。

「結界を開け。カールハインツ」

「……我が王のお命じになるままに」

カールハインツが溜め息をつき、指を軽く弾いて鳴らす。

上空を覆う結界の、透明な膜に歪《ゆが》みが生まれた。そこから落下してきたものを見て、集まっていた貴族たちが無様に慄《おのの》く。

「あ、あれはなんだ……!?」

「嘘《うそ》だろう。おい、まさか……」

そこから落ちてきたものは、一匹の魔物だった。

牛よりも大きな獅子《しし》の体に、鷲《わし》の頭と翼がついた生き物だ。

「グリフォンか」

それだけならばつまらない侵入者だった。しかしそのグリフォンは、落下しながら悶《もだ》え苦しみ、不快な鳴き声を上げている。

目視できる高度まで落ちて来たそれは、クラウディアの姿を見付けたようだ。最も弱く見える者を前に、両翼を動かして立て直そうとする。だが、金色に輝いている翼の片方に、なにやら異変が生じているらしい。

凶暴性が増しているように見えるのは、その金の翼によるものだろうか。

鋭い爪の先がクラウディアに狙いを定めた、そのときだった。

「――――……」

クラウディアの前に飛び込んだノアが、グリフォンに向けて剣を一閃《いっせん》する。

「うわあっ!!」

空を切り裂く光と共に、貴族たちが怯《おび》えて悲鳴を上げる。突風が辺りに吹き荒《すさ》ぶ中、グリフォンは翼を広げてそれに耐えた。

「どうなっているんだ、まったく喰《く》らっていないぞ!!」

「姫殿下の従者の魔法が外れた……!?」

(馬鹿どもが。何を見ている?)

あまりにくだらない叫びを聞き、フォルクハルトは鼻白《はなじろ》む。ノアという名の魔剣士が放ったのは、グリフォンを攻撃するためのものではない。

「お下がりください。姫殿下」

「ありがとノア！　私、とーさまの後ろにいるね」

そう言って笑ったクラウディアが、フォルクハルトの傍に駆けてきた。

フォルクハルトは腕を広げ、マントの陰に姫を庇ってやりながら、改めて観戦を続けることにする。

「クラウディアよ。お前の騎士はわざと初手で攻撃せず、グリフォンを減速させることに徹したな？」

「うん！　だって、さっきの位置関係でノアが攻撃しちゃうと……」

マントの陰からひょこっと顔を覗《のぞ》かせたクラウディアが、事も無く無邪気に笑ってみせた。

「グリフォンが落ちて来た衝撃で、クラウディアの髪がぐちゃぐちゃになっちゃうもん！」

「ふ」

そのときだった。

けたたましいほどの悲鳴と共に、グリフォンが地面に衝突する。

見ればクラウディアの騎士となったノアが、グリフォンの背を踏み躙《にじ》り、深く剣を突き立てていた。

「おお……!!」

先ほどまで怯えていた貴族たちが、途端に歓声を上げ始める。

「なんということだ。一頭いれば町ひとつ滅ぼせるグリフォンを、こんなにも容易《たやす》く！」

「……」

ノアは平然とした顔で剣を抜くと、グリフォンの背から飛び降りた。魔法で作り出した剣を消し去って、フォルクハルトたちの前に跪く。

「終わりました、国王陛下。姫殿下」

「おつかれさま、ノア！」

「よくやった。初陣にしては物足りなかったか？」

「滅相もございません。陛下の御前《ごぜん》で剣を振るう機会をいただけたこと自体、この身に余る光栄です」

　フォルクハルトは笑い、カールハインツを振り返る。

「師のお前にとっても鼻が高いだろう。これを褒めてやれ、カールハインツ」

「それには及びません。ノアがこの先も姫殿下をお守りしていくためには、この程度できなければ話になりませんから」

　そしてカールハインツは、フォルクハルトにまなざしを送った。

「今はそれよりも、陛下」

「……ふむ」

　フォルクハルトは改めて、その『異物』であるグリフォンを見遣《みや》る。

　貴族たちも異変に気が付いていて、ざわざわとどよめきを上げ始めた。ノアはクラウディアを守るように立ち、自らが倒した獲物を睨《にら》み付けている。

　そのグリフォンの姿は、先ほどまでとは明らかに変質していたのだ。

　両翼を覆っていた白い羽毛も、獅子の体も何もかもが、黄金の物質に変わっていた。カールハインツが歩み出て、金属になったグリフォンに手を翳《かざ》す。

「そのグリフォンはなんだ。カールハインツ」

「……純金です」

「なに？」

　分析を終えたカールハインツが、苦い表情で口にした。

「先ほどまで生き物だったはずのグリフォンが、純金の塊……『金属』に変化している模様」

「――――……」

＊＊＊

　王城内に作られた自室に戻ったクラウディアは、その窓から騒動の跡地を眺めていた。

　式典用の白いドレスからは着替え、いまは深みのある赤色のドレス姿だ。外出用ではない普段着のドレスは、軽くても寒さからしっかり守ってくれる。

　普段は真っ直ぐでさらさらしている髪は、儀式用の編み込みを解《ほど》いたあと、魔法で巻いてふわふわのウェーブスタイルにした。

　ゆったり過ごせる格好でノアのお茶を飲むと、体がぽかぽかと温まる。クラウディアは、ここまでの身支度を整えてくれた功労者を見上げた。

「お前もゆっくり休んでいいのよ？　ノア」

「ありがとうございます。――ですが、特に体力を消耗してはいませんので」

　グリフォンを数分で葬り去ったこの従僕は、嘘偽りなく涼しい顔をしている。クラウディアはくすっと笑ったあと、頰杖をついて再び窓の外を見遣った。

「あの純金の塊。お金にしたら、何人の国民が生涯遊んで暮らせるかしら？」

グリフォンだった金色の塊を、複数人の魔術師が取り囲んでいる。黄金をどのように処分するかは、あとで会議にかけられるようだ。

「父さまはあのグリフォンを分析して、敵国による生物兵器ではないか調査するように命じたそうよ。この国の王城の上にやってきて、結界を破ろうとしたのだから当然ね」

「……」

「とはいえ相当な重量もあるようだし、分析後に移動させるのも大変だわ。カールハインツなら大丈夫でしょうけど、また胃痛を起こしてしまうわね」

「姫殿下」

椅子に掛けてゆらゆらと脚を揺らすクラウディアに、ノアが尋ねる。

「お父君が処分なさる前に、あのグリフォンを調査なさらなくてよろしいのですか？」

「あら、どうして？」

するとノアは目を伏せて、淡々と言い切る。

「あのグリフォンは兵器ではなく、呪いによって黄金に変えられた魔物ですから」

「……」

クラウディアは頰杖のまま、微笑みながらノアに告げる。

「きっとお前の言う通りね。あれは呪われた末に何処かから逃げて来て、その過程でたまたまこの国に落下した」

落ちてしまうことを悟ったグリフォンは、少しでも障害物のない場所を選ぼうとしたのだろう。それが城の上空だったのは、王都の街並みよりも緑が豊かだったからかもしれない。

「私を狙おうとしたのも。混乱の中で一番弱そうな存在を殺して、その隙に逃げようとしただけだわ」

少し可哀想《かわいそう》にも思えてくる。

ノアの前でクラウディアを狙った以上、あのグリフォンの命はそこで終わりだ。けれどもきっと何もしなくとも、グリフォンは間も無く息絶えていただろう。

「あれは、ものを黄金に変える呪いよ。――生き物、あるいはすべての物質を」

「……『黄金の鷹《たか》』……」

ノアが小さく呟いた言葉に、クラウディアは微笑んだ。

「その噂《うわさ》を聞いたのは三年前、砂漠のオアシスに作られた国だったわね。当時の王さまが亡くなったばかりで、国中がひどく混乱していたわ」

「通常であれば王が変わったところで、民に影響はありません。……ですが、あの国は」

「ええ」

三年ほど前の記憶を辿《たど》り、クラウディアは目を伏せる。

「後継者となり得る唯一の王子が、行方不明になっていた。お妃《きさき》さまがお腹《なか》の子ごと後宮から逃げ出して、十五年もひっそりと市中で育てていたために」

そのため王宮は総力を上げて、国中すべての『十五歳の少年』を集め、王子を探し回っていたのだ。

「ふふ。ノアが大人姿になると巻き込まれそうだから、私だけ大人姿になってあの国に滞在したのよね。私がノアのお姉ちゃんという設定で、とっても楽しかったわ」

「……姫殿下がご満足なのでしたら、それが何よりです」

当時のことを思い出したのか、ノアは複雑そうな顔をしている。クラウディアはくすくすと笑いつつも、窓の外を見遣った。

「砂と黄金の国シャラヴィア。国宝は、その国を千夜で築き上げたという先代王の持つ、『黄金の鷹』と呼ばれる財宝……」

窓硝子に指で触れれば、ひんやりと冷たい。

「ねえノア。やっぱり、この国の十二月は寒いわね」

脈絡のないクラウディアの発言に、ノアが何かを察した顔をした。

「……室温を調整いたしますか？」

「魔法で部屋を暖めるのもいいけれど、もっと開放的に過ごしたいの。ノアの叙勲の儀も終わったことだし」

人差し指を頬に当て、首を傾《かし》げて考えるふりをする。そんなことをしなくとも、恐らくノアはお見通しに違いない。

「そうね、たとえば」

クラウディアはにこっと笑い、たったいま妙案を思いついたかのように口にする。

「――暖かい国に行く、なんてどうかしら？」

「……姫殿下の、お命じになるままに」

すぐさま頭を下げたノアに、クラウディアは「いい子」と言葉を向けるのだった。

＊＊＊

西の大陸にある砂漠地帯は、その大陸を北と南に分断するような位置に広がっていた。

砂に囲まれた過酷な場所であり、旅をすれば死人が出ることも珍しくはない地域だ。けれどもその広大な砂漠こそが、北と南を繋《つな》ぐ唯一の土地なのだった。

この世界には転移魔法という移動手段があるが、その魔法は誰にでも使えるものではない。

仮に使えたとしても、重量や距離には制限があり、よほどの才覚がなければ砂漠を渡り切るのは難しいだろう。

かといって北と南には、それぞれ大陸で一二を争う大国が存在している。二カ国のあいだには商いもあれば、人の流れも存在しているのだ。

よって砂漠を渡る職業は、この大陸においての要職とされた。

人々は大金を稼ぐために、何日も掛けて砂漠を渡る。これらの隊商や砂漠案内人にとって重要なのが、砂漠の中央にある巨大なオアシスだ。

シャラヴィア国という名前の新興王国は、そのオアシスを擁《よう》する形で築き上げられた、小さくとも凄《すさ》まじい活気に満ちた国である。

「ぷわあ……っ」

建物の陰に入ったクラウディアは、顔を覆っているヴェールを外して息をついた。

日差しを跳ね返す一面の砂が、凄まじい熱気を帯びている。上からも下からも照り返す陽光は、この国全体を黄金のように輝かせていた。

砂の中に埋められた石畳の道は、遠くに見える王宮に続いている。その左右に立ち並ぶ屋台からは、店主たちの朗々とした声が響いていた。

「さあさあそこの旅人さん、安くしておくよ！　砂漠を渡るときの命綱。保存の利く干し肉はいかが？」

「たくさん歩いて疲れただろう、よく冷えたパパイヤは食べたくないかい？　ほうら一口食べていって、おまけするからさ！」

砂漠の街を埋め尽くすのは、多くの荷物を背にした人たちばかりだった。

日中という酷暑の時間帯の所為か、この国に住まう人は出歩いておらず、外から来た旅人が行き来しているのだろう。

「三年ぶりに来たけれど、あのとき以上の活気だわ。ねえノア」

「……姫殿下」

上機嫌で街を眺めるクラウディアを見て、ノアは静かに息を吐いた。

いつもはある程度の格式を重んじ、タイトな衣服を着ていることの多いノアだが、砂漠ではゆったりとした服を選ぶようにクラウディアが命じた。

そのため今日のノアは、白を基調とした刺繍入りの衣服を身につけて、ローブを纏っている。

けれども彼の関心ごとは、クラウディアただひとりのようだった。

「そちらのヴェールを外してしまわれては、暑気がお体に障ります」

「平気よ。ノアの氷魔法が、ドレスにもちゃんと掛かっているもの」

そう言って笑い、建物の陰でひらりと両手を広げた。

クラウディアが着ている今日のドレスは、鮮やかなターコイズの青緑色だ。

肌触りもよく透き通った生地で、袖口が大きく開いている。裾がひらひらと広がり、全体的に軽やかなデザインは、氷魔法の冷気が通りやすくなっていた。

下に行くにつれて色が濃くなるドレスの裾には、赤や黄色のビーズで模様が縫い込まれている。

ノアが魔法で作った今日のドレスも、砂漠を快適に過ごしやすい装いでありながら、クラウディアによく似合うものだ。

「それにこの国も、三年前より過ごしやすくなっていそうだわ。見て」

クラウディアがまなざしで示したのは、大通りの両脇に作られた水路だった。

この砂漠では貴重なはずの透き通った水が、王都に張り巡らされた水路を勢いよく流れている。

その水は、王宮と王都を隔てる大門の向こう側から流れてきているようだ。

「街中に水路があるお陰で、外の砂漠よりも王都の方が涼しいみたい。魔法が使えない人たちが、

少しでも快適に過ごせるよう工夫されているのね」

「オアシスから引いた水ではなく、魔法によって生み出されたもののようですが」

「腕の良い魔術師を、大勢仕えさせているのだわ。この環境でこれほどの水量を出せる魔術師を雇うには、さぞかし費用が嵩《かさ》むでしょうけれど……」

この国には、それを賄うだけの財力があるということだ。

「二十年前には、ちっぽけなオアシスしか存在しなかった場所だとは思えないわね」

この場所はかつて、水たまりのような水場がある他には、一面に砂の景色が広がるだけの土地だったらしい。短い雨季にだけ現れるオアシスで、晴れ間が続けば消えてしまうほどだったそうだ。

この砂漠地帯にはいくつかの小国が点在しているが、それは枯れないオアシスがある場所に限られていた。

「本来だったらこの土地に、こんなに大きな国が出来上がるはずもなかったのだわ。……盗賊だった先代の王が、宝物を手にしない限りは」

「……」

クラウディアたちがその話を聞いたのは、三年前にこの国を訪れたときだった。

『亡くなられた陛下は、俺たち砂漠の民を虐げていた憎い連中から、「黄金の鷹」を奪ったのさ！』

『黄金の鷹？』

大人の姿を取ったクラウディアは、酒場で酔客の言葉に耳を傾けていた。

『なんでも砂漠の神の加護が宿った、財を生み出す宝なんだと。陛下はそれを自分のために使うんじゃなく、自分が王になって国を作り、貧しい砂漠で必死に生きていた俺たちを迎え入れて下さったんだ』

ひとりの男がそう言えば、他の客も集まってきて口々に言う。

『魔術師を雇い、オアシスを広げて、水を買う金に苦しむ民に無償で振る舞った！』

『オアシスの傍で生きられるようにと、俺たちの家を魔術師に作らせた』

『砂漠を渡る商人たちを呼び寄せるために、市場や宿を作って街を築いた！』

けれども彼らのその顔は、すぐさま悲しみに歪んでしまう。

『本当に素晴らしい王だったんだ。……あの方が死んでしまったこの国で、俺たちはどうしたら』

『……陛下の御子《みこ》がいらっしゃるんだ。王子殿下が、必ずこの王都のどこかで暮らしている。俺たちは陛下の御恩に報いるためにも、国民総出で王子殿下を探し出すぞ！』

『おお、当たり前だ!!』

威勢の良い声が上がる酒場で、クラウディアは果実ジュースの入った器を手に尋ねた。

『黄金の鷹とは、一体どういうものなのですか？』

男たちは互いに顔を見合わせたあと、「そりゃあ……」と積極的に教えてくれる。

『確かその鷹は一日に一度、黄金の卵を産むんだぜ』

『いやいや違う！　俺がじいさんから聞いた話では、「鷹」は巨大な黄金の塊だそうだぞ。あのでっかい王宮は鷹を覆うための建物で、陛下はそれを少しずつ削って……』

『陛下がそんなみみっちい真似《まね》をするか！　いいか「黄金の鷹」ってのは比喩でな、実際はこの砂漠に埋まった金脈を表した地図のことで……』

男たちが口にする説明は、それぞれにまったく異なるものだ。クラウディアがあらあらと首を傾げると、カウンターの隅に座っていた男がぽつりと呟いたのである。

『……持ち主が狙った生き物を、黄金に変えちまう魔法だよ』

『！』

無口な男がそう言って、酒器に入っていた酒を飲み干す。カウンターに金貨を置いて、彼はそのまま立ち上がった。

『そこのおじさま。よろしければそのお話、もう少しお聞かせいただけませんか？』

クラウディアが微笑んで声を掛けるが、男は店の出口まで歩いて行ってしまう。

『俺が知るのもこれだけだ。これ以上、聞かせられることはない』

『……あら。残念です』

言葉に嘘は無かったようなので、クラウディアはそのまま彼を見送った。

それが三年前、最初にこの国を訪れたときの出来事だ。

「ノアはあのとき大人姿になれなくて、宿でお留守番だったのよね。『国にいる十五歳前後の男子は全員、たとえ旅人であろうとも、行方知れずの王子でないかを確かめる』というお触れがあったから」

「……改めて、姫殿下が酒場に行かれる必要は無かったのでは？」

「酒場じゃないと聞けないお話というものがあるでしょう。情報収集は大事だって、常日頃ノアに教えている通りよ」

　クラウディアとノアはこうやって、世界各国を旅して回る。その際に噂話を集めることで、後々起こる呪いの騒動に備えているのだ。

　三年前にこの国を訪れたのも、決して呪いの兆候があったからではない。

「平和な土地を見回って、安全であることを確かめる程度のつもりだったのに。……あのとき引っ掛かった『黄金の鷹』について、入念に調査はしたつもりだったけれど、気が付けなかったのは失態ね」

「当時はあくまで、噂話という程度でした。呪いの気配が何処にもなかったことは確かですから、存在しないものを見付けることは出来ません。……今もそうです」

　ノアは言い、太陽を背にした王宮を見据える。

「依然として、この国に呪いの気配はありません」

「……」

　クラウディアの国の城に落ちてきたグリフォンは、不快な呪いの気配を纏っていた。

　けれどもシャラヴィア国の王都には、決してそんなものは感じられない。

「あのグリフォンが呪われて黄金になったことに、この国は無関係なのかしら」

「……」

　クラウディアがぽつりと呟いた、そのときだった。

「おい、見付けたぞ!!」

「！」

手に槍《やり》を持った数人の男たちが、ノアのことを見付けて声を上げる。その正装らしき衣服を見て取るに、彼らはこの国の兵士のようだ。

「年頃と背格好。あの黒髪、端整なお顔立ち。間違いない、肖像画の通りだ!!」

「逃がすな、だが丁重にお連れしろ！」

彼らはそう言うと、ノアを目掛けて走り出した。ノアは眉根を寄せ、怪訝《けげん》そうに男たちを見遣る。

「なんだ、こいつらは……」

「ノア」

「はい。姫殿下」

クラウディアが手を伸ばすと、命じるまでもなく察したノアが抱き上げてくれる。ノアは兵士を相手にすることもなく、その場ですぐさま転移魔法を使った。

「な……っ!?」

目の前でクラウディアたちが消えたことに、兵士たちが声を上げる。

ノアが転移先に選んだのは、王都の外に広がる砂漠だ。大きな岩陰に降り立つと、抱き上げていたクラウディアをふわっと降ろす。

「姫殿下。靴などに砂は入っていませんか？」

「平気よ、お前の魔法がよく効いているわ。それにしても」

陽避《ひよ》けのヴェールをノアに掛けられながら、クラウディアは遠くの王都を見上げた。強い陽光を受けて輝く街は、遠目からだとよりいっそう眩い黄金色に見える。

「いまのは一体なんだったのかしら？　明らかにノアと誰かを間違えて、捕まえようとしていたわね」

「あの雰囲気は、以前にもこの国で感じたもののように思えますが」

それについては同感だ。この国で起きつつあることを想像し、クラウディアは目を眇める。

「それにしても」

「！」

ノアの正面に立ち、ずいっと下からその顔を覗き込んだ。

「よくも私のノアに触れようとしてくれたものだわ。『整った顔』と称したのは評価するけれど、ノアは唯一無二なのに」

「っ、姫殿下」

「他の人間と間違えるなんて、まったく許せないわね」

クラウディアは手を伸ばし、ノアの頭を撫でるようにして前髪を上げる。黒曜石の色を持つその瞳は、強い日光の下でも美しい。

「あの距離では、瞳の色はよく見えなかったのかもしれないけれど。探し人はお前に近い年頃で背格好、それから黒髪――……」

「姫殿下。俺の顔を検分なさりたいのでしたら、跪きますので」

大きな岩に背を付けたノアは、後ろに退《さ》がることも出来ない状態だ。向かい合ったクラウディアがぐいぐいと近付くものだから、身動きが取れないのだろう。

「外見の年齢か、髪の色を変えておく?」

「すべて如何様《いかよう》にも、仰せのままに。ですから姫殿下、少し離れ……」

その瞬間、それまでどうにか体を離そうとしていたノアが、反対にクラウディアを抱き込んだ。

ノアの纏うローブへ迎え入れるように、クラウディアの体が隠される。背中をぎゅっと抱き寄せられたクラウディアは、振り返って背後の砂漠を見据えた。

直後、どこんっ!! と地面が揺れる。

砂漠が割れるような地響きと共に、砂の中から何かが飛び出した。砂煙を引き連れて顔を出したのは、この地域特有である魔物だ。

「砂蟲《すなむし》……」

それは、巨大な蛇のような体を持っていた。

牛の一頭は平気で飲み込めそうなサイズの頭は、大きな口だけが付いている。目を持たず、潜っている砂の振動だけで獲物を探る、獰猛《どうもう》な肉食の魔物だ。

「転移で急に現れた獲物に、混乱と興奮を抱えているのね」

砂蟲はこちらに狙いを定め、醜い口を開いていた。頭を揺らすその動きは、捕食行動とされているものだ。

「見た目があんまり好きではないわ。ノア」

「はい」

ノアが淡々と手を翳した。けれどもそのときクラウディアは、咄嗟にノアを制止する。

「――待って」

「姫殿下？」

「やはり、いま動いては駄目」

クラウディアが止めた理由について、ノアはすぐさま気が付いたようだ。

「あれは……」

クラウディアを抱き込んで守るノアが、砂蟲の上に視線を向ける。後ろに大きく頭を引いた砂蟲が、揺れ戻った反動でこちらに襲い掛かろうとしたそのときだった。

「――――っと！」

流れ星が爆《は》ぜるときのような光を放ち、上空から人が現れる。

転移魔法で落ちてきたのは、ひとりの青年のようだ。

纏ったローブで身を隠しており、その姿ははっきりとは分からない。けれどもノアと同じくらいの体格で、その手には大きな湾刀《わんとう》を持っている。

「潰れろ、砂ミミズ！」

青年は威勢よくそう叫ぶと、落下しながら真っ直ぐに湾刀を振り下ろした。

その斬撃が光を帯び、巨大な衝撃波となって放たれる。それが砂蟲の首を直撃すると、大きな悲鳴が響き渡った。

「よし、討伐完了！」

砂蟲の頭が落下して、重い振動が伝わってきた。砂の上に降り立った青年は、湾刀を振ってから背中に仕舞う。

「あんたら怪我《けが》は無いか？　この時間に砂漠を歩くときは、こいつらに気を付けた方がいい。ここ数日は特に日照りが強くて、砂蟲が都に近付いちまうんだ」

「ありがとうございます。親切なお方」

ノアの腕から離れたクラウディアは、青年に向かって礼をした。ノアはクラウディアの後ろで跪き、見知らぬ相手への敬意を示している。

「突然大きな魔物が出てきて、驚いてしまいました。助けていただき……」

「おや。あんたのお連れさんは、魔法で対処しようとしていたように見えたが」

（ふふ、見抜くわよね。この青年も見た所、かなりの魔法の使い手だわ）

クラウディアは微笑み、ノアのことを振り返った。

「ノア、お前もお礼を」

「はい。姫殿下の危機を救っていただいたこと、心より――……」

「おい、あんた」

ノアの言葉を遮って、青年が目を見開いた。

「その黒髪。身長に体格。年齢……」

「……？」

嫌な予感がしたらしく、ノアが目を眇める。青年はなんだか慌てた様子で、跪いたノアの前に膝をついた。

「頼む!!　どうかあんた、俺の頼みを聞いてくれないか！」

「……？　頼み、とは」

「そこのお姫さまみたいな女の子、あんたが彼の主人だな!?　となれば話を付けるのはあんたの方か、あんたにも頼む!!」

青年が砂に額をつけるので、クラウディアも目を丸くした。

「剣士さま？　どうかお顔を上げてくださいませ、一体どうなさって……」

クラウディアが言い切る前に、青年は顔を上げてローブを脱いだ。そこで彼の外見に気が付いて、納得する。

その青年は、ノアと同じ黒髪を持っていた。

その指には黄金の指輪がいくつも輝き、彼が高貴な身の上であることを示している。

（ノアと同じ年頃。高い魔力を持ち、身分が高くて――恐らくは、あの兵たちに行方を探されていた張本人）

そして青年は、クラウディアが予想していた通りの名乗りを上げる。

「俺の名はアシュバル・カディル・ハミド。この国の王だ」

青年王アシュバルは、ノアを見上げて真摯に言った。

「どうか俺の話を聞いてくれ。そこの兄さん、あんたに改めて頼みがある」

アシュバルは、ノアに向けてこう懇願するのだ。

「俺の代わりに、この国の王になってはくれないか」

「――――は？」

第2章

その砂漠の中には、忘れ去られた遺跡が存在していた。

石造りの頑強なそれは、王族のために作られた墓だったのかもしれない。砂の中で野晒《のざら》しにされても風化が少なく、特殊な魔力を帯びた石材が使われているようだ。

クラウディアとノアがその遺跡に入ったのは、ふたりの前を歩く一匹の狐《きつね》に先導されたからだった。

「――俺が王になったのは、いまから三年前のことだ」

壁も床も石で出来た細い通路に、その狐の声が響き渡る。天井は開いており、太陽の光が強く差し込んでいた。

「この国の王だった親父《おやじ》が死んで、臣下たちに王宮へ連れ戻されたことがきっかけだった。俺の外見から間違いなく親父の血を引いていると認められ、王位継承権があると。ふざけた話だよな」

狐は真っ黒ですべすべな毛並みと、大きく膨らんだ尻尾を持っていた。

クラウディアの目の前で、その尻尾がふわふわ揺れている。ランプを手にしたクラウディアは、その尻尾の動きを熱心に見つめながら口を開いた。

「お父さまが王さまだということは、アシュバルはちっとも知らなかったの？」

すると、クラウディアに「アシュバル」と呼び掛けられたその狐は、振り返ってぴすぴすと鼻を動かす。

「知ってたら母さんが死んだとき、生き延びるために盗賊団の下《した》っ端《ぱ》に入るなんてことはしてねえさ。もっとも、親父も昔は盗賊だったらしいから、臣下たちには親子だって笑われたね」

「私知ってる！　血は争えない、って言うんでしょ？」

「ははっ。そういうこと」

クラウディアと楽しそうに話すその狐を、ノアが胡乱《うろん》げに見下ろした。てくてくと歩いている狐は、ノアの顔を見て首を傾《かし》げる。

「どうしたノア。色々と聞きたいことがあるって顔だが、少し待っててくれよ。順番に話すが、『王になってほしい』の本題はアジトに着いてからだ」

「……いえ。お聞きしたいのはその件もありますが……」

クラウディアをエスコートし、足元に注意しながら歩いているノアは、警戒心を隠さない声音でこう言った。

「──何故《なぜ》そのように、狐の姿を取っておられるのですか？　アシュバル陛下」

「ふはっ！」

魔法で狐に変身したアシュバルは、ノアの問い掛けに面白そうに笑う。

「あんたも経験しただろう？　都ではいま、王宮から逃げ出した俺を捜索中だ。十五歳前後で黒髪、背の高い男となると問答無用で捕まっちまう」

「あ！　やっぱり兵士さんたちが探してたのは、アシュバルのことだったのね」

クラウディアは無邪気な少女のふりをしつつ、改めてそう口にしておいた。アシュバルは再び前を向き、遺跡の奥へとクラウディアたちを案内してゆく。

「狐の姿はあいつらの目を欺《あざむ》く変装と、あとは利便性ってやつだな。砂漠を移動するときは、動物の姿の方が歩きやすいんだよ。さっきはあんたらが砂蟲に襲われてると思って、転移と同時に人間姿に戻ったんだ」

「アシュバルを探してる人たち、アシュバルのお顔をよく知らないみたいだった！　あれはどうして？」

「お尋ね者の盗賊だった親父は、自分の顔が広く知られるのを嫌った。この国の初代国王だからな、親父の振る舞いが王宮の慣例になって、俺の顔を知るのもごく一部の大臣たちだけだ」

恐らくは暗殺などの対策も兼ねていたのだろう。顔を知られていなければ危険は減り、影武者などの身代わりも立てやすくなる。

「俺の所為《せい》で悪かったなノア。だが」

果てしなく続くかに見えた通路だが、ある地点を通り抜けると空気が変わる。

「俺と近い要素を持っているあんたが現れたことは、俺にとっちゃ最高の幸運だ」

「――――……」

結界をくぐった感覚と共に、目の前の景色が一転した。

無機質な通路にいたはずが、いつのまにか広い部屋に立っている。

石で作られた遺跡の一室に、極彩色の絨毯《じゆうたん》が敷き詰められたその空間は、煌《きら》びやかな陽光によって照らされていた。それでいて中は涼しく、しっかりと気温の調整がされている。

（……腕の良い魔術師ね）

結界によって隠されていた部屋には、金の装飾に彩られた調度品が置かれている。二脚が向かい合わせになった長椅子は、赤いベルベット張りだ。

壁には大きな壁画が飾られ、そこには口に金色の鳥を咥《くわ》えた、一匹の大きな狐が描かれていた。

「狐は親父が好んだ生き物らしく、この国では神聖な動物って扱いを受けてるのさ」

狐姿のアシュバルは、ふるふるっと頭を振って体の土埃《つちぼこり》を払う。

「親父は『狐が黄金の鷹《たか》を連れてくる』って言ってたらしいが、俺もこの魔法のお陰でガキの頃を生き延びられた。人間よりも狐の方が、人間から物を盗むのは得意だからな」

「アシュバル、本当に悪い人だったの？」

「もちろん悪人だ。気に食わねえ金持ちから金品を盗んで、それを貧しい連中と分け合いながら暮らしてきた。狙うのは他の人間をいたぶるような奴《やつ》だけだって決めて、義賊ぶって生きてきたが
……罪人は罪人。いまになって罰が下された」

「ばつ？」

とんっと長椅子に乗ったアシュバルの体が、光を纏《まと》って人の姿になる。

ノアと似た黒髪に、ノアとは違う赤の瞳を持つ青年だ。

吊《つ》り目のまなじりには、朱色と金色によるアイラインが引かれていて、それが彼の肌によく映えている。

アシュバルは、右手でクラウディアたちに椅子を勧める仕草をしながら口を開いた。

「親父から受け継いだ『黄金の鷹』が、王宮から盗まれちまったのさ」

「……」

彼の言葉に、クラウディアは僅かに目を眇《すが》める。

その上でにこりと笑顔を作り、アシュバルに向かって問い掛けた。

「黄金の鷹、ってなあに？」

「それは……」

クラウディアの問いに、アシュバルは人差し指をくちびるの前に立てる。

「悪いが教えるわけにはいかねえ。これについては国家機密で、意図しない人間に知られちまった場合は『口を封じる』ことになってるからな」

「わあ。こわーい」

「無茶な頼み事をした上に、そんな危険を負わせる訳にはいかねえよ。だからすまねえ、黄金の鷹については黙秘させてくれ」

「アシュバル陛下」

静かに歩み出たノアが、クラウディアを庇《かば》うように立って言う。

「我々にとっては依然として、状況が不透明なままです。私に『代わりに王になれ』と仰せですが、それが黄金の鷹が盗まれたことに関連するのですか？」

「その通り。俺は黄金の鷹を探すため、王宮を不在にしなくてはならない」

「はーい！　私、分かった！」

年齢よりも幼く元気な振る舞いを意識しつつ、クラウディアは明るい挙手をした。

「だからアシュバルは自分が探されないよう、ノアにアシュバルのふりをさせたいのね？」

「ご名答！」

おおよそ察していたことではある。『黄金の鷹』についてが機密であれば、外でそれを探せる人間は限られているということだ。

「黄金の鷹が盗まれたことは、王宮の人間でも一部しか知らない。この国の存続に関わるからな」

「でもアシュバル。さっき会ったばかりの私とノアに、そんな大事なことを頼んで平気なの？」

「我が主《あるじ》のお言葉が正しいかと」

ノアはクラウディアの言葉を継ぐように、引き続きアシュバルを警戒しながら言う。

「アシュバル陛下の影武者となった私が、あなたさまやこの国に不利益な行動をしないとは限りません。最悪の場合、そのまま私に王宮を乗っ取られる可能性もあることをいかがお考えですか？」

「生憎《あいにく》だが、その可能性はハナから想定していない」

「……何故、そのようなことを」

怪訝《けげん》そうなノアのまなざしに対し、アシュバルは口の端をにっと上げた。

「それはな、目だよ！」

「……目……？」

「ああノア、あんたの誠実そうで真《ま》っ直《す》ぐな目を見たからだ。餓鬼《がき》の頃から盗賊として生きてきて、数年は王の経験もした、そんな俺の直感というやつだな」

「…………」

快活に言ってのけるアシュバルの言葉が、ノアには到底理解できないようだった。

「その直感の末に、私がこの国を我が物にしても構わないと？」

「絶対に有り得ないと言い切りたいところだがな。万が一そうなったとしても、真贋《しんがん》を見極めるまなこを持たない愚かな王の国よりも、ずっと良いものになるだろう」

無言で目を眇めるノアの様子を見て、クラウディアはくすっと笑う。

（ノアの誠実さは確かだもの。アシュバルの言う直感というものは、結構当たっているようね）

けれどもノアからしてみれば、信じられない生き物を見るような心地なのかもしれない。

「……クラウディアさま。いかようになさいますか？」

アシュバルには姫という身分を明かしていないので、いつもの『姫殿下』とは違う呼び方をされた。クラウディアはにこにこ笑いながら、迷うことなく答える。

「いいよ！　私、アシュバルにノアのことを貸してあげるね！」

「……」

ノアにとっては予想通りだろう。一方でアシュバルは、安堵《あんど》したように息を吐き出した。

「こいつは有り難い……！　もちろん、俺とこの国に出来る礼ならばなんでもする。見たところ高貴な身の上だろうし、少々の財宝に興味は無いかもしれないが、数年分の国家予算程度の金額ならすぐにでも――」

「いらない」

「！」

クラウディアは首を傾け、にこりと微笑《ほほえ》んだ。

「私にもちゃんと、アシュバルへのお願いがあるもん」

「……はは、分かるぜ。これは相当なおねだりをされちまう顔だな」

冗談めかしてアシュバルは言うものの、その表情は引き攣《つ》っている。クラウディアの本性を察知しているのだとしたら、やはり彼の勘は優秀ではないだろうか。

「私、この近くの国にお友達がいるの。前に一緒に遊んだお兄さんで、だけどなかなか会えなくなっちゃったんだ」

「へえ。そいつはどこの国だ？」

「あのね」

クラウディアは微笑んで告げる。

「レミルシア国、っていうのよ」

「……！」

クラウディアが口にした国名は、かつてのノアの祖国だった。アシュバルが僅かに目を見張り、息を吐く。

「……なるほど。あの国は最近巨大な結界を張って、気軽に出入り出来なくなったようだからな」

「もにふくす？　っていうんだって。国王さまが亡くなっちゃって悲しいから、そうやって国全体でお葬式をするんだよ。でも私、レミルシア国のお友達に会えなくて寂しいの」

無邪気な笑みを続けながら、クラウディアは言う。

「アシュバルにノアを貸してあげる。だからアシュバルも、黄金の鷹を見付けて王さまに戻ったあとは、レミルシア国の結界を見張って。不思議なことがあったら教えてほしいな」

クラウディアの要求は、つまりある意味での同盟だ。

「だってクラウディア、お友達が心配だから！」

「……いいだろう」

クラウディアが無邪気な子供ではないことを、アシュバルはとうに分かっているだろう。

しかし彼との交渉は、恐らくこのくらいでちょうどいい。想像した通り、アシュバルは大きく息を吐き出して笑った。

「やはり俺は、何処《どこ》までいっても盗賊の性分だな。人助けをしてくれと頼み込むよりも、お互いに利のある約束の方が安心出来る」

「えへへ。どっちにも良いことがあるの、嬉《うれ》しいよねえ」

そしてクラウディアは、無事に貸し出される運びとなったノアを見上げる。

「それから、私もノアと一緒に行く！　ノアが王宮に行っちゃって、なかなか会えなくなったら嫌だもん」

「おっと。そうしてやりたいのはやまやまだが、王宮に女が入るとなると……」

アシュバルが言葉を濁し、ノアをちらりと見遣《みや》る。

「何か？」

「……怪しまれず、正規の手続きでクラウディアを王宮に入れる方法はある。あるが、どうする？」

「方法による、としか申し上げられません」

きっぱり言ったノアに対し、アシュバルは「だよなあ」と独りごちた。

「アシュバル。どうやったら私も王宮に行けるの？」

「それはな。王のために召し上げられることだ」

「めしあげ？」

「つまり――」

アシュバルは長椅子に座る姿勢を崩し、シルク生地に包まれたクッションに身を預ける。

「――後宮入り。王のふりをするノアの夜伽《よとぎ》相手として、献上される姫君になるのさ」


そこからのノアの反論は凄《すご》かった。

どちらかというと口数の少ない青年であるノアが、一度にこんなにたくさん喋《しゃべ》るところを、クラウディアは久し振りに見たような気がする。

ノアの話した内容は、『クラウディアを後宮に入れず、王宮に招く合理的な手段について』だ。

彼は理路整然と、効率よく、それでいてクラウディアに負担の少ない方法をたくさん考えてくれる。

「姫殿下が魔法で男性の姿になり、髪を黒くして王の振る舞いをなさっては。俺がアシュバル陛下のふりをするよりも相応《ふさわ》しいです」

「王さまの真似《まね》なんて嫌。それより私、ノアが王さまのふりをする方が見たいの」

「王宮に入る際、魔法で姿を消すのはいかがでしょうか」

「せっかくこの地域ならではのドレスをたくさん着られる機会なのに、透明になるなんて勿体無《もったいな》いわ」

「……俺が王宮内を探っている間、姫殿下にはご自宅でお待ちいただくのがよろしいかと……」

「それも嫌」

クラウディアはにこっと微笑んで、困り果てている従僕に告げる。

「ノアの傍《そば》に居られないと、さみしいもの。私とノアは、ずっと同じ所にいなきゃ駄目でしょう？」

「…………っ」

ノアはぐっと言葉に詰まったあと、額を押さえて俯《うつむ》いた。

「俺があなたのそれに敵《かな》わないのを、分かっていてやっていらっしゃる……」

「ふふっ、そうよ。私のさみしさの為《ため》なのだから、ノアは私の後宮入りを我慢してね」

従僕が一国の王のふりをし、その従僕の主君である姫が、後宮にいる妃候補《きさき》となる。

すべてが引っ繰り返ったような状況は、ノアにとって頭の痛いものだろう。

「話はついたか？」

「ええ、アシュバル」

クラウディアは返事をして、自分たちを覆っていた防音魔法を解く。こちらの会話がアシュバルに聞こえないよう、ノアが張った音の結界だ。

「ノアが俺に成り代わるために、必要な手配をすぐに進める。王宮内に協力者も配置するから、気軽に国王をやってくれ」

「……」

「クラウディアが後宮に入る流れだが。王宮を抜け出して留守にしていた『俺』が、出先で見初《みそ》めて連れ帰ったって体裁が良いだろうな」

クラウディアは笑い、アシュバルに尋ねる。

「あら、それで信用してもらえるなんて。アシュバル『陛下』は日頃から奔放なのね」

「おっと、誓ってこれまでに女を泣かせたことはないぜ。だが、あんたの可憐《かれん》さは説得力になる。これほど美しい娘が居たとあれば、一目惚《ひとめぼ》れして口説き落としたと話しても疑われはしないだろう。問題は……」

アシュバルは胸の前で腕を組み、クラウディアをしげしげと眺めた。

「いかんせん幼《おさな》過ぎる所だよなあ……十三歳って言ってたっけ？　それも小柄な所為か、十歳か十一歳くらいにしか見えな……」

ぽんっと軽い音を立てて、クラウディアは煙の中から歩み出る。

「へ」

「この姿ならいいでしょう？」

大人になったクラウディアの姿は、すらりとした長い手足に、女性らしい豊満な身体《からだ》つきを持っている。

纏っているドレスが薄手のものだった所為か、ノアがすぐさま歩み出た。砂や日光避《よ》けになる薄手のローブが、クラウディアの肩に掛けられる。

「……驚いた。後宮に入れるための説得力どころか、あんたを連れ帰らない理由が無いな」

「ありがとう。問題がなさそうでよかったわ」

ノアを振り返ると、やはり物言いたげな顔をしていた。クラウディアはくすくす笑いながら、従僕のさまざまな表情を楽しむ。

「名前はどうする？」

「では、『ディア』と」

大人姿でアーデルハイトの名前を使うと、さほど遠くない地にいるジークハルトの耳に届いてしまう可能性もある。アシュバルは頷《うなず》き、てきぱきと進めた。

「それじゃ、これからふたりを俺の味方になる家臣の所に連れて行く。俺に偽装するための魔法道具を揃《そろ》えてあるから、出し惜しみなく使ってくれ」

（ノアはやっぱり、アシュバルを信用しきっていない顔ね）

それを決して隠さないのが、ノアの誠実で真っ直ぐな所だ。

一筋縄で信じてもらうことは難しいと、アシュバルだって理解しているだろう。であればノアのように懐疑的な様子を崩さないでいてくれる方が、却《かえ》ってノアのことを信頼しやすいはずだ。

クラウディアは、にこりとノアに微笑み掛けて言う。

「それでは行きましょう、『陛下』」

「――――……」

ノアが何かを言う前に、クラウディアは彼の口元へと指を翳《かざ》した。

「ふふ。きちんと呼べる？」

「……………」

ノアは眉根を寄せたあと、ものすごく低い声で口を開く。

「……………『ディア』」

「いい子！」

クラウディアは大満足で、ノアの頭をよしよしと撫《な》でるのだった。

＊＊＊

ここ数日、密《ひそ》かに慌《あわただ》しかった王宮の中は、ようやく平穏を取り戻していた。

なにしろ姿を消していた国王が、先ほど無事に戻ったのだ。あちこちを捜索していた兵たちも、その報《しら》せに胸を撫で下ろしたことだろう。

そんな中、一部の家臣が慌てた理由は、戻ってきた王が旅の踊り子を連れていたからだという。

惚《ほ》れ込んだ彼女を後宮に入れると言い出し、家臣を驚かせたのだが、それくらいなら無理難題という訳ではない。

むしろ家臣の中には、これまで後宮の女性たちに熱心な興味を示さなかった王が、やっと真剣に世継ぎ問題を考えるようになったと喜ぶ者たちも多かった。

『――それと同時に』

石造りの水浴び場に座ったクラウディアは、アシュバルの光の文字による報告を読みながら、つまさきでぱしゃりと水を跳ねさせる。

『後宮に突如現れた寵姫《ちようき》に対し、正妻の座を狙っている他の女性たちが、並々ならぬ敵意を抱いている模様――……』

「まあ、大変ねえ……」

まさしくその『寵姫』であるクラウディアだが、後宮の庭に差し込むきらきらした日差しの中、のんびりと新鮮な果物を楽しんでいた。

「ん。おいしいわ」

よく冷やされたオレンジは、分厚い皮を花の模様に切り込まれ、その上に食べやすく切られている。

クラウディアは瑞々《みずみず》しい果実をフォークに刺し、くちびるに運びながら、つまさきを再び水につけた。

（この後宮に入って三日目。なんだかあっという間だったわね）

クラウディアが寵姫として招き入れられた後宮は、とても広い。隅々まで歩いて回ろうと思えば、きっと二時間以上は掛かるだろう。

後宮の中央には大きな噴水があり、その水が水路から隅々に行き渡っている。砂の中に飛び石のように埋め込まれた大理石の石畳は、ひとつひとつが鳥や花のような紋様を描くモザイクタイルとして配置されていた。

そんな水路の傍らに沿い、居住のための建物が百を超えて建ち並んでいる。建物はすべて金色とターコイズグリーンの色彩で統一されていて、見目鮮やかだ。

その中でも大きな宮が二つあり、そのうち東にある宮には、この後宮で最も身分が高い姫が暮らしているらしい。

鮮やかなターコイズグリーンに塗られた壁は高く、隙間なく後宮を囲っている。その壁の外側や後宮の上空には、強固な結界が張られているようだ。

(挨拶に来た侍女頭の説明だと、この結界は後宮内に砂漠の砂を吹き込ませないため……そして、侵入者を阻むためのものだというけれど)

クラウディアはくすっと笑い、ガラスの器にフォークを置いた。

(何よりも、女たちを外に逃がさないため。……ここは海底にある学院よりは、脱出も進入も容易だものね)

後宮の中に入ってこそ、はっきりと見えてくるものもある。後宮に入る前、クラウディアはノアにこう告げていた。

『「黄金の鷹」が呪いの魔法道具だとして。それが隠されていた場所のひとつには、後宮が考えられるのではないかしら』

『…………』

ラクダの背中に跨《また》ったノアは、前鞍《まえぐら》に乗ったクラウディアの発言に目を眇めた。

大人姿のクラウディアは、ノアが手綱を握るラクダの上で悠々としている。砂漠を渡るのが得意なラクダの上は、馬と同じくらい揺れて楽しい。

『それを疑っていらっしゃるからこそ、姫殿下は……』

『悪い子ねノア、さっき練習したでしょう？　「ディア」』

アシュバルは先に宮殿に向かっており、この砂漠は見渡す限りふたりきりだ。この状況で王のふりを徹底する意味はないのだが、分かっていてにこりと微笑んだ。

『……ディア、は。そのために、後宮に入ると仰《おつしや》るので……』

『出奔先で見付けた踊り子を相手に、王さまがそんな口調で話したりしないわ』

人差し指を立て、ノアのくちびるをつんと触れながら叱る。するとノアは諦めたらしく、深い溜《た》め息《いき》のあとで言った。

『……ディアは、それを疑って、後宮に行くつもりなのか』

『ふふ！』

絞り出すようにそう口にしたノアに、クラウディアは上機嫌の笑顔で『よく出来ました』を送った。

『もちろんよ。後宮に入るのはノアで遊ぶためだけではないの』

『……』

『まあ、疑いの視線ね？　だけどアシュバルの心理として、大切な宝を隠す場所には慎重になるはず』

　ノアをつついて遊んでいた指で、今度はふたつ数を数える。

『ひとつはアシュバルの自室、自分の目がよく届く場所ね。けれども賊が入ったときも、最も狙われるのは王の部屋だわ』

『仰る通りです。結界を張っていても、相手の力によっては破られま……』

『ノーア？』

『……破られるものだ。一方で後宮は常に出入りする訳ではないものの、王の自室と同じように強固な守りがある……』

『その通りです、陛下。陛下のお部屋周りよりも人目が多く、盗みの難しさがあるからこそ、宝をそこに隠そうという心理になるお方も多いはずですわ』

　クラウディアはそこからアシュバルと落ち合うまで、ずっとその調子で『王さまと寵姫の練習』を続けた。

　そうして王のお気に入りとして後宮に入り、女性たちのとんでもない視線を浴びながらも、構わずに悠々自適の生活を送っているのだ。

（この後宮に出入りできるのは、アシュバルだけ。外からの進入も阻まれて、中にいる女たちも出ることが出来ない。結界はなかなか強固だわ）

さぞかし腕のいい魔術師が、後宮の結界を張ったのだろう。クラウディアは水浴び場から立ち上がると、ううんと伸びをした。

クラウディアに割り当てられたのは、後宮の中で最も目立つふたつの建物の片割れ、姫が不在のまま空いていた西の宮だった。

（向かい合っている東宮は、アシュバルの婚約者が住んでいるのだったわね。どうやらここ数日の『挨拶』は、その婚約者を応援する子たちからのものに見えるけれど）

クラウディアは眩《まぶ》しい陽光を手で遮る。五本の指に輝く指輪は、ノアが作ったものだった。

『この五つの指輪は、それぞれ俺の魔力を込めた魔法道具です。アクアマリンは暑さを和らげ、氷を生み出す魔法。ルビーは砂漠の寒い夜に、御身が凍えずに済むように……これがあれば姫殿下の魔力を消費せずとも、快適にお過ごしいただけるはずですので』

それぞれの指に指輪を嵌《は》めてもらいながら、数日前のクラウディアは思わず笑ってしまったのである。

『ふふ、心配性の従僕ね。私自身でどうにか出来るのに』

『後宮にいらっしゃるあいだ、俺が常にお傍にいる訳にも参りません。お守り出来ない分、少しでもご不便が無いように過ごしていただかなくては』

その言い分があまりにも可愛《かわい》かったので、敬語や姫殿下呼びはそのときだけ許した。

この指輪のお陰で、クラウディアは魔力使用による眠気を覚えることもなく、熱砂の後宮を楽しく過ごしているのだ。

薄衣のドレスを纏っていたクラウディアは、指輪に込められた魔法を発動させる。しゅるしゅると生まれた光の帯が体に纏わり、外出着のドレスに姿を変えていった。

（黄金の鷹を知るにあたって、ノアに宮殿側を調べてもらうのは勿論《もちろん》だけれど。もっと確認したいのは、アシュバルのお父君である先代王についてだわ）

鮮やかなオレンジが透き通ったドレスは、風に揺られた裾が軽やかに膨らむものだ。

更にはその上から日焼けを防ぐ魔法と、冷たくて涼しい空気を纏う。ノアの指輪に込められた魔法は、クラウディアが望むものを熟知していた。

（先代王は、呪いの魔法道具である黄金の鷹をどうやって手に入れたのか。渡した人間はその後にどうなったのか。受け継いだ息子となるアシュバルに、接触していないのか……）

閉じていた目をゆっくりと開き、クラウディアは薬指の指輪に口付ける。

「いい子ね、ノア」

ここにいないノアにお礼を告げて、クラウディアは水浴び場から宮の中に戻る。その途中も仕上げのアクセサリーがぽんぽんと生まれ、クラウディアの耳や胸元を宝石が彩った。

（ノアに任せておけば問題ないわ。私も今日のお散歩で、後宮内の状況把握は終わるわね）

昼間の日差しはとても強いが、ノアの魔法に守られていれば問題はない。クラウディアが宮のエントランスに向かい、両開きの扉を押し開いたそのときだった。

「あら」

上からぼたりと何かが降ってきて、瞬《まばた》きをする。

視線を足下に向ければ、そこには胴体がクラウディアの太ももよりも大きな蛇が蠢《うごめ》いていた。

その蛇は首をもたげ、クラウディアを威嚇するように口を開ける。耳を澄ませると、クラウディアの宮を囲う壁の向こうから、くすくすと笑い声が聞こえてきた。

「ふふっ、悲鳴すら聞こえてこないだなんて。どうやら蛇に驚いて、恐怖に震えているようね」

「頃合いを見て、中に入ってみませんこと？　気を失って倒れでもしていたら、さぞかし滑稽な姿をしているはずですもの」

（…………）

後宮に来てから今日までの間に、何度か耳にした声である。ここにいるのが『伝説の魔女』であることを、彼女たちが知るよしもないのだった。

（さて、困ったわね）

人差し指を顎に当てて、クラウディアはううんと考える。

（――この蛇が私に怯《おび》え、そのために必死で威嚇していることを、彼女たちは気付いていなさそうだわ）

生き物は人よりも敏感だ。クラウディアの魔法ひとつで跡形もなく消し炭になってしまうことを、この蛇は恐らくは察している。

クラウディアはふっと目を細め、蛇の方に手を伸べた。

「おいで」

その言葉に、蛇が警戒してびくりと身を強張《こわば》らせる。

「あの子たちに、魔法で捕まえられてしまったの？　怖かったでしょう。あなたは危ない子ではないのにね」

「……」

「私の周りがとてもひんやりして涼しいの、分かるかしら？　こっちにいらっしゃい。大丈夫よ」

クラウディアはゆっくりと語り掛けながら、ノアの指輪によって纏う冷気の範囲を広げた。

その冷たさを感じ取ったらしい蛇が、ゆっくりとクラウディアに近付いてくる。遠慮がちにちらりと見上げてくるので、クラウディアは頷いた。

蛇はするすると身を滑らせ、クラウディアの隣で頭を持ち上げる。クラウディアがそっと頭の上を撫でてやると、安堵したように目を細めた。

壁向こうの少女たちが覗《のぞ》き込んできたのは、ちょうどそのときのことだ。

「あ……っ!?　嘘《うそ》でしょ、あの子、あの蛇を……!!」

蛇とたわむれるクラウディアの姿に、ふたりの少女が真っ青になった。クラウディアはくすっと笑い、彼女たちに告げる。

「可愛い蛇を見せてくれてありがとう。あなたたちのお友達なら、こちらで一緒に遊びましょ？」

「ひっ……」

再び警戒心をあらわにした蛇が、少女たちを睨《にら》むように頭の位置を低くする。

「ほら。この子もこっちに来て欲しいって」

「そ、それは……」

彼女たちは顔を見合わせると、震える声でこう叫ぶ。

「あなたが悪いのです！　急に後宮へとやってきて、陛下の寵姫などと……!!」

「身の程を知りなさい！　あなたなんか、ナイラさまの足元にも及ばないのですから！」

そう言い捨てたふたりの少女は、慌てて走り去っていった。クラウディアは少しくちびるを尖《とが》らせ、蛇の頭をよしよしと撫でる。

「後宮に来て掻《か》き回しているのはこちらなのだから、彼女たちの言い分は甘んじて受けるけれど……それはそれとしても、嫌がらせにあなたを巻き込むのはいただけないものね？」

ひんやりしたクラウディアの手を当ててやると、蛇は心地よさそうに目を細めた。クラウディアは再び自分の宮の扉を開き、蛇を中へと案内してやる。

「このエントランスを抜けたところに水浴び場があるからいらっしゃい。あなたが外から後宮に迷い込んだのだとしたら、やっぱり生き物はここの結界を通り抜けられるのね」

クラウディアによる今日までの調査で分かっていた。この結界はあらゆる人間と魔物を拒むが、動植物や虫、鳥は除外されている。ただでさえ退屈な後宮暮らしが更に味気ないものにならないよう、そういった配慮がされているのだろう。

この蛇は非常に頭の良い種類のはずだが、それでも魔物ではない。

「確か夜行性だったわよね？　暗くなったらお外に逃がしてあげる」

クラウディアが窓の外を指差してそう告げると、蛇はまるでそれを不要だと言わんばかりに、窓から見える別の建物へと頭を向けた。

「あれは……」

＊＊＊

「──以上が今日のご公務です。『陛下』」

「………」

原色の絨毯が敷き詰められた玉座の間で、王の身分を偽ることになったノアは目を伏せた。

「陛下が出奔から戻られて三日。ようやく王宮も落ち着いて参りましたので、少しずつお仕事に戻っていただきませんとね」

ノアの傍に立っているその男は、四十代くらいの見た目をしている。

はっきりとした彫りの深い顔立ちで、顎に少しの髭《ひげ》を生やした彼は、含みのある笑みを浮かべながら小声で言った。

「坊主が偽者だとバレたら俺も殺される。くくっ、せいぜい上手《うま》くやってくれよ？『陛下』」

「……分かっています」

アシュバル曰《いわ》く『協力者』だという男の皮肉に、ノアは静かに溜め息をつく。

ノアがこの王宮に通された最初の日、狐姿のアシュバルに連れられたこの男は、恭《うやうや》しい礼をしてみせたのである。

『私めはファラズと申します。黄金の鷹を奪還するまで、あなたさまがお力を貸してくださるとは

『……なんという僥倖《ぎょうこう》』

そう畏《かしこ》まったファラズは、ノアが少々見上げるほどの長身で、しっかりと筋肉のついた体つきをしていた。

この地域特有の甘さが立つ香水をつけており、顎周りの髭は洒落《しゃれ》っ気《け》のある形に整えられている。

恐らくは、クラウディアの父王やカールハインツよりも年長者だろう。そんな人物が、半分以下の年齢であるノアに頭を下げている。

アシュバルが連れてきたとはいえ、この男にとってのノアは得体の知れない存在のはずだ。それなのに礼を尽くすファラズの姿に、ノアも誠実に答えた。

『……我が主君よりの命令ですので。互いの利害が一致したまでのこと、そのように畏まっていただく必要はございません。ファラズ殿』

『…………』

ファラズの肩が震えている。

それを少々訝《いぶか》しく思いながらも、ノアはこう続けたのだ。

『未熟な身ではありますが、精一杯アシュバル陛下の代理を務めさせていただきます。これより何《なに》卒《とぞ》……』

『ぶ……っ』

そのとき、ファラズがいきなり腹を抱えて笑い始めた。

『ぶわははっ、あーもう駄目だ!! 慣れねえことはするもんじゃねえな!』

『…………』

突然の男の豹変《ひょうへん》に、ノアは思いっきり顔を顰《しか》める。足下では狐姿のアシュバルが、ほっとしたようにその尾を揺らして言った。

『驚いたぞファラズ。お前がそんなにそれらしい口調で話すところなんて、初めて見たな！』

『……アシュバル陛下。この男は……』

『ああノア、見ての通りだ！　このファラズは親父の代から仕えてくれてた臣下で、友人みたいなものだったらしい。俺からしたらそうだなあ、「悪事を教えてくれる親戚のおっさん」って感覚だ！』

『はー痒《かゆ》い。慣れねえ言葉遣いで腹がむずむずしたぜ！　ノアっていったか？　偽者役なんて引き受けてくれる物好きが、まさか本当に現れるとは。お前さん早死にするタイプだぜ、せいぜい気を付けな！　ははは』

『…………』

ばんばんと強く背中を叩《たた》かれて、ノアは無言を貫いた。ファラズは屈《かが》み込むと、仮にも自身の主君である狐をわしわしと撫でている。

（挙句に酒の臭いもするが。……この男が、国王の臣下……？）

見るからに不誠実なその態度は、ノアからすれば相容《あいい》れないものだった。

わずかに考えを変えたのは、その後のファラズの発言を聞いたからだ。

『坊主、体幹がなかなかしっかりしてるな。生真面目な人間から剣を教わって、その鍛錬を生真面目にこなしたって体だ』

『……』

ファラズはノアの方を見ることなく、アシュバルの耳の付け根を撫でながら続ける。

『見たところ、魔法と剣を織り交ぜて戦う方式が一番馴染《なじ》んでるってところか？　随分と餓鬼のころから鍛えてきてるようだな』

『……あなたは』

ほんの僅かなやりとりで、ノアのことをしっかりと見抜いている。

『――なあんてな』

『……』

ファラズはこちらを振り返り、にやりと口の端を上げた。

『適当にそれっぽいこと言ってりゃ当たるだろ？　ははっ、すっかり信じた顔してやがる！　お前さん随分真っ直ぐに人の顔を見るが、どうやら性根も真っ直ぐらしい。本当に早死にする気質だな』

『………』

『悪いノア、許してやってくれ。ファラズは俺に対しても割とこういう男で、ちょっと鬱陶《うっとう》しい奴なんだ！』

『陛下、いま俺のこと鬱陶しいって仰いました!?　あーひでえ。慣れない王宮に連れて来られた若者の心を、少しでも和ませようという俺の作戦だったんですがね』

ノアは眉根を寄せたまま、男から一歩後ろに遠ざかった。そんなノアの様子を見て、ファラズはますます面白そうに笑ったのだ。

『関わり合いになりたくねえって顔だなあ！　残念でしたっと』

『…………』

『くくっ。そんなに冷たい顔すんなよ、どうせなら仲良くやろうぜ？』

ノアはファラズの軽口を無視することにした。

（……姫殿下や俺の周りにいなかった種類の大人だ。こんなろくでもない大人が、世間には存在しているのか）

『おーい。思ってることが顔に出てるぞ坊主』

ノアが自分の見聞の浅さについて気を引き締めている間に、狐のアシュバルが口に何かを咥えてやってくる。ノアに渡されたのは、豪奢《ごうしゃ》なルビーの首飾りだ。

『ノア、この首飾りをつけてくれ。そうすればノアが俺の偽者と知らない人間からは、ノアの顔が俺の顔に見えるはずだ』

『……上質な魔法道具ですね。非常に緻密な魔法が掛けられています』

端的な感想を口にすると、アシュバルが嬉しそうに言う。

『ありがとうな！　これは死んだおふくろが作ったんだ。なんと声色《こわいろ》もなんとなく似るらしいぜ？ノアの正体を知っている俺たちじゃ試せないけどな！』

『ま、大丈夫でしょ。いま王宮にいる人間の大半が、アシュバル陛下のご尊顔を直接拝見したことのない者たちですから』

王の顔を見るのは恐れ多いという価値観の国は、ノアが知る限りでも珍しくない。

それに加えてアシュバルが言っていたように、盗賊上がりで日頃から人に顔を覚えさせない習慣がついているのであれば、この魔法道具で偽装は可能だろう。

『俺の部屋は自由に使ってくれ！　後宮についても、クラウディアと話すために開放が必要だよな？』

『……よろしいのですか？　後宮に王以外の男が立ち入るのは、言語道断では』

『ノアが女たちに無体をするような人間じゃないってことくらい、すぐ分かるさ』

アシュバルはいとも簡単にそう笑い、説明を続けた。

『後宮の外壁の結界は、すべての人間を弾《はじ》くんだ。入り口にだけは結界がないんだが、内側と外側それぞれから厳重に見張られている。ファラズ、ノアが望んだときに扉を開けるよう計らってくれ』

『まったく。俺は後宮に出入りさせるのは反対ですけどね？　あんな美女たちの楽園に立ち入ったら、鋼の理性も解けますって……おい坊主。分かりやすく軽蔑の目で見るんじゃないよ』

ノアが視線に込めた感情を、ファラズはあっさりと読み取ったようだ。ノアは無言でふいっと顔を逸《そ》らし、そのまま話を続けた。

この王宮で『偽者』のノアが行って許されることや、状況に応じて行わなくてはならないこと。何があってもやってはいけないことなどを彼らに告げられて、ノアからはそれに伴う質問をする。

そうして『王の偽者』を務め始めてから、ようやく三日が経《た》とうとしているのだ。

クラウディアに命じられた偽者役を、生半可に実行する訳にはいかない。入念な準備と調査を重ねた結果、今日まで後宮に足を運ぶことは出来なかった。

(姫さまの身に危険が及んでいないことは、分かっているが)

後宮の結界は魔法も遮断するため、ノアとクラウディアが直接やりとりをすることは難しい。

アシュバルのための玉座の間で、ファラズが不真面目な笑みを向けた。

「なあに、安心しろ。俺も陛下も、お前に国王らしい振る舞いなんて期待しちゃいないさ」

「……」

「お前、高貴な女人の従者なんだよな？　せめて主君が男であれば、普段の主《あるじ》の真似をして乗り切れたかもしれないが……」

ファラズはひょいと肩を竦《すく》め、呑気《のんき》にこう続けた。

「これからこの国の要人たちが、王にさまざまな要求をしにくる。お前は一切の決断をせず、『今後議論して判断する』という回答を繰り返せ」

「……分かっています」

本来ならばそのような態度は、アシュバルの評価を下げてしまうものだろう。

とはいえ偽者であるノアが、迂闊《うかつ》なことを言う方がまずい。そのことは理解しているので、おとなしくファラズに従う。

「来るぞ」

そんなファラズの小声のあとに、早速ひとり目の男が現れた。

三人の文官に伴われてやってきた男は、この国の大臣のひとりだという。

ノアとその大臣とは、薄く透き通った布飾りで仕切られていた。玉座から見下ろす膝下《しっか》に、ふんだんに刺繍《ししゅう》の施された衣服に身を包んだ大臣が跪《ひざまず》く。

「陛下におかれましてはご機嫌うるわしゅう。まずは無事のお戻り、何よりでございました」

「……」

ファラズからの視線が向けられた。ノアは先ほど、ファラズにこう告げられてもいるのだ。

『王の機嫌を取るために、連中は長々とおためごかしを挙げ連ねる。退屈だろうから黙って聞き流しても構わんぜ、従僕の身にはきついだろ？』

（…………）

けれどもノアは黙ってその男を見据え、彼が王に向ける所作を観察する。

臣下が取るべき振る舞いは、国によって文化が異なるものだ。こういった機会において学ぶことが、いつかクラウディアのために役立つかもしれない。

ノアが眼下へと向けるまなざしに、ファラズは気が付いたようだ。物好きを見るような気配を察したが、無視して観察を続けた。

「偉大なるアシュバル陛下。あなたさまの存在こそが、この国を輝かせる太陽にございます。黄金の神たる陛下の威光は、どのような雲に覆われようと翳《かげ》ることはございません。今日という新たなる一日の始まりが、陛下の更なる栄光の第一歩になりますよう」

臣下の男は、やはり王の顔を見ようとはしない。跪いて挨拶をし、懇々と王の素晴らしさと国の豊かさを喜び讃《たた》えた上で、ようやく手にしていた書類を差し出してくる。

それを受け取ったのはノアではなく、薄布の向こう側に立つ文官だった。

「この文書につきましては、偉大なる王のお目に触れるにふさわしいものであることを、私の名誉にかけて誓約いたします」

続いてふたり目の文官が受け取り、まったく同じ文言を口にする。

「……この文書につきましては、偉大なる王のお目に触れるにふさわしいものであることを、私の名誉にかけて誓約いたします」

そこから三人目に渡り、その男も先のふたりと同じ言葉を口にした。

その上で文官はファラズのもとに向かい、書類を手渡す。ファラズは受け取って目を通し、それが問題ないことを確認したらしく、ノアの傍らに戻ってきた。

「陛下」

「……ああ」

書類一枚を王に見せるだけで、踏まなければならない手順がいくつもあるようだ。ファラズが恭しく差し出してきた書類を、ノアは受け取った。

（……国家機密に抵触するような内容じゃない。当然といえば当然だが、俺のもとに出されるものの内容を絞り込んでいるな）

誰の采配かは聞かされていないが、繊細な調整が可能な人物の仕事だろう。ノアは極力王らしい振る舞いで、ひとつひとつをやり過ごせばいい。

（『この場で結論を出さず、後日調整して回答する旨を伝えて、提言した者を帰す』……）

「……？」

ノアの数秒の沈黙に、警戒したらしきファラズが口を開いた。

「……陛下。こちらの件におかれましては、何卒早急に結論を出されることなく……」

「分かっている。……だがその前に、いくつか確認しておきたい」

ノアは静かに目を眇め、書類から提言者である大臣へと視線を移した。

「水路拡大の事業を行うにあたり、人員の大半を他国からの魔術師とする計画が前提になっているようだが。これではこの国の魔術師に、多数の失業者が出る計算になる」

淡々とそれを指摘すれば、それまで訝しげにノアを見ていたファラズが目を見張った。

「今回の国家事業において、自国の技術者を使わない意図はなんだ？」

「……っ」

一方で尋ねられた大臣は、僅かな焦りを表情に滲《にじ》ませる。

「そ……れは。他国からの知識を定期的に取り入れることが、この国の発展に繋《つな》がることかと考えまして」

「であればこの書類だけではなく、招致する魔術師がどのような知識を持ち、これまでどういった成果を挙げているかが明白となる資料が必要だ。それがなければ検討の余地がない」

慌てて顔を上げようとした大臣が、すぐに再び跪く。

「……仰る通りです。しかし恐れながら陛下、この魔術師たちは支払い報酬も我が国の魔術師より安価であり、長い目で見ていただければそういった利点もあるかと……」

「それについても具体的な数字を。第一に国の都合で失業した者に対しては、しばらくの手当金を出すのがこの国の規律だ。その際に支払う金額と、異国の魔術師がこの国の水資源に関する事情に馴染むまでの期間に発生する費用、それらを踏まえて判断する材料が足りない」

ノアはそう言いながら、さり気なくファラズの方を一瞥《いちべつ》した。

ファラズが我に返ったように肩を跳ねさせ、それから頷く。ノアは再び大臣の方を見遣り、こう続けた。

「議論の場に上げるにあたって、この内容では不足がある。ひとまずこの場で受理しておくが、議論開始の期日までに補足資料を提出しろ」

「……承知、いたしました。我らが太陽、偉大なる陛下のお言葉のままに」

大臣は深く頭を下げる。少々ばつの悪そうな文官たちと共に退室し、玉座の間はノアとファラズのふたりだけに戻った。

「……坊主、お前さん……」

「ご指示の通り一切の決断をせず、『今後議論して判断する』という回答をいたしましたが？」

「おいこら。絶対に確信犯だろうお前、この！」

頭を触られそうになったので、ノアは無言でファラズの手を躱《かわ》す。

「俺がこの対応を取った際、内心でほっとした癖に何を」

「……言うねえクソガキ……」

ノアはあくまで平然としたまま、考えていることを淡々と告げる。

「アシュバル陛下は快活な振る舞いをなさっておられますが、聡明《そうめい》なお方だというのはすぐに分かります。陛下がこの玉座に座っていたとしても、恐らく俺と同じようなことをお尋ねになったのでは？」

「……我らが王のことを、よく見ていやがる」

アシュバルという人間は、ノアにとってある人物を思い出させる。

明るく人好きのする振る舞いで懐《ふところ》に入り、それでいて聡《さと》く、他人の本質を見抜いて笑う男だ。

（ジークハルト。……あの国に結界を張って閉じ籠り、お前は何を考えている？）

混ざってしまった雑念を振り払うために、ノアは瞑目《めいもく》してこう続けた。

「俺が王としての決断を下すことが出来ないのは大前提ですが、判断を先延ばしにするだけの印象を与えることは出来ません。なおかつアシュバル陛下がお戻りになった際には、検討材料がすべて揃っている形が望ましいと判断しました」

もちろん見聞きさせられる内容によっては、ノアの知識や能力でどうにもならない場合もある。

そのため安易に出来るとは言わないつもりでいたが、先ほどの内容程度であれば問題はなさそうだ。

ファラズは納得したように、何やら深い溜め息をつく。

「あの大臣は隙を見ては、自分に都合の良い方にさり気なく誘導する悪癖がある。他国の有力貴族の血縁者だから無下には出来ないが、さっきのも何かしらピンはねの目論見《もくろみ》があったんだろう」

「そうでしょうね」

「この三日間、寝る間を惜しんで書庫に籠っていると思ったら……陛下のふりをするために、熱心にお勉強してたってことか？」

（……）

もちろん他にも目的がある。ノアが最優先するのはいつだって、クラウディアの命令を守り、益となることだ。

（黄金の鷹がこの国に渡った経緯を探るにも、王宮内を調べる建前は必要だ）

アシュバルの身代わりになるためという名目は、ノアの目的を上手く誤魔化してくれる。

とはいえ、年若くして王になったアシュバルに対する敬意も持ち合わせていた。

「俺がアシュバル陛下の代理を務めている間、陛下の御名を貶《おとし》める訳には参りませんから」

「………」

そう告げると、ファラズはふっと目を眇める。

「お前さんを従者に持っていると、主人は相当楽だろうな」

「……？」

脈絡なくクラウディアに言及されて、ノアは少々警戒した。ファラズは大臣が退室していった扉の方を顎で示し、皮肉たっぷりに言う。

「さっきの連中を見ただろう？　文官は内容を確かめただのなんだのと宣《のたま》うが、右から左の伝言役としてしか機能していない。何人もが目を通して大仰《おおぎょう》に持ってきた書類だが、その内容は不足だらけ。それなら間を受け持つ人間が立たない方が、伝達の速度も上がるってなもんだ」

そんな人間を要職に置いておくしかないのも、入り組んだ事情やしがらみがあるからなのだろう。

クラウディアの父王は容赦なく人間を切り捨てるが、王だけがそれほど強い権力を持つ国は限られていることを、クラウディアに学ばせてもらって知っていた。

「坊主は右から左に伝言を回すだけでなく、自分の言伝《ことづて》を受け取った人間が、その次にどんな情報を求めるかを考えて動いている。一を言えば十を用意して待つ、そんな奴を傍に置いて動かすのはさぞかし快適な日々に違いない」

「……」

ファラズが自分に下す評価を聞いていても、ノアが脳裏に描くのはクラウディアのことだ。

『いいこと？　ノア』

クラウディアと出会ったばかりのころ、彼女に忠誠を誓ったノアに対し、六歳のクラウディアはこう言った。

『お前は次期国王としての教育を受けた経験も、奴隷としての経験もある稀有《けう》な存在だわ』

ノアの物心がついてから、両親が叔父《おじ》に殺されるまでの期間は、父の命令によって厳しい帝王教育を叩き込まれてきている。

それが未熟なものだという自覚はあったが、クラウディアはそうは思っていなかったらしい。

『私の従僕として生きていくのだとしても、その経験を決して無駄にしては駄目。——たとえば』

当時九歳だったノアの鳩尾《みぞおち》に、クラウディアが小さな指でとんっと触れた。

『私や父さまが何かを命じたとき、お前は自分が王になったつもりで考えるの。忠実なる臣下が、自分のためにどう動けば嬉しいかをね』

『……従僕が、王の視点でですか？』

『ええそうよ。――せっかく王としての素養があるのだから、その才覚を枯らしては駄目。活《い》かすことが私のためになると思って、頑張ってね？』

クラウディアは『私のため』などと笑っていた。

けれどもそれが何処までの真意なのか、ノアに摑《つか》めはしない。

「従者として不足のない動きを取れるのは、我が主から賜《たまわ》った教育あってこそです。俺自身の功績ではありません」

「へえ？」

(王らしい振る舞いについて惑わずに済んだのも、姫殿下があのお言葉を与えて下さったからこそだ。……かつての王族だった俺の過去を、捨てるなと仰った)

ノアの視線は無意識に、窓から見える後宮の方へと向いていた。

「ははあ」

ファラズはそれを見て、得心がいったように笑う。

「お前、その主人に懸想《けそう》しているのか」

「――……」

ノアが静かにファラズを睨んだ際、もはや殺気でしかない険を滲ませた自覚はあった。

「……おいおい。そんな怖い顔で、睨むなよ」

ファラズは多少の余裕を見せつつ、それでも身構えながら肩を竦める。ノアは深い牽制《けんせい》を込めてファラズを見据えたあとに、ふいっと顔を逸らした。

「失礼いたしました。冗談では聞き流せないお言葉でしたので」

「冗談ねえ……」

物言いたげな視線が刺さるも、知ったことではない。しかしファラズは尚《なお》もこう続けるのだ。

「なら、真面目な問い掛けなら答えてくれるってか？」

「国の有事のさなかだというのに、俺の事情など些事《さじ》でしょう。そんなことを尋ねる理由がない」

「お前さんの原動力を確かめておきたいのさ。悪事が出来るような人間には見えねえが……俺はアシュバル陛下ほど、己の直感は信じない性質《たち》でね」

扉の外に、次の謁見者を待たせているはずだった。問答をしている場合ではないだろうと思うのだが、ファラズも譲る気配がない。

「俺は元々、先代陛下が盗賊だったころからの右腕だ」

「……………」

その告白はつまり、ファラズもかつて盗賊だったことを意味する。

軽薄に笑いながら明かされた過去に、ノアは目の動きだけで彼を見上げた。

「先代がここに国を作るまで、この一帯の砂漠は無法地帯でな。無理やり人を攫《さら》って売り飛ばすのも、孤児どもを纏め上げて商売をする大人がいるのも当たり前！　餓鬼だった俺はあくどい金持ちから盗もうとしてとっ捕まり、両手と舌を斬り落とされるところだった」

ファラズはべっと舌を出す。そしてノアが顔を顰めると、不意に柔らかい表情を作って目を眇めるのだ。

「……俺を助けたのが、先代さ」

「……」

その言葉にノアは顔を上げ、改めてファラズのことを見据えた。

「残念ながら俺は、死ぬまであのお方と息子のアシュバル陛下に恩を返さねばならん」

「黄金の鷹の奪還まで、この宮殿を預けられた身だ。お前のことをそれなりに警戒もするし、信じるための材料を欲しもする。……これで分かったか？」

「……ファラズ殿」

そう言って苦笑するファラズを前に、溜め息をつく。

数日前、ノアの目を見ただけで『信用できる』と断じたアシュバルに対し、警戒心が無さすぎると感想を抱いた。

しかし今のノア自身も、ファラズの言葉に嘘は無いのではないかという、根拠のない想像をしてしまっている。

「俺が我が主の命令に従うのは、ファラズ殿の考えていらっしゃるようなものではありません」

「惚れてはいない、と？」

「幼い頃に命を救っていただき、信念と誇りを賜りました。生きるための手段も、己が守りたいものを守る方法も、世界のすべてを」

クラウディアがノアに願うことは、何もかも成し遂げてみせると決めた。

クラウディアはいつも微笑んで言う。この人生では自由に生き、やりたいことしかやらないのだと。

けれども本当のクラウディアは愛情深く、誰のことも見捨てることはない、そんな慈愛を世界中に注いでいる。

自身に救えるものは何もかも救おうと、そのためにさまざまな場所に温かな手を伸べるのが、ノアの主なのだ。


「――俺の恋慕は、あのお方の望む生き方の邪魔になる」


その事実を、幼い頃から分かっていた。

傍にいることさえ叶《かな》うのであれば、その形がなんであっても構わない。クラウディアのために生きる許しを、クラウディアから貰《もら》えていればそれでよかった。

「……だから、これは懸想の類《たぐい》ではありません」

はっきりと言い切ったノアに対し、ファラズが驚いたように目を見張った。

それから顔を顰め、なんだか物言いたげに煮え切らない態度を見せる。

「……おいおい坊主。あのな、そういう感情こそが……」

「失礼いたします。恐れながら陛下、ファラズさま……」

扉の向こうから遠慮がちな声が掛けられて、ノアは口を開く。

「待たせて悪かった。入室を許す」

「は。ありがたく存じます」

「……やれやれ……」

本来であればファラズが促し、王が直接許可の声を発することは無いらしい。しかし問答が長引きそうだったため、この場合は仕方がないと判断した。

（不毛なやりとりをしている場合じゃない。……代理の仕事は早く片付けて、姫殿下に賜った調査を続ける）

ノアはもう一度だけ、窓の向こうに見える後宮の方を一瞥したあとに、与えられた役割を淡々とこなしてゆくのだった。

＊＊＊

ノアが王宮でアシュバルの代理を続けているころ、後宮で悠々自適に過ごすクラウディアは、先ほど出会った大きな蛇と一緒に歩いていた。

とはいっても、その『散歩』はとてもゆっくりなものだ。

速度があまり出ない理由は、正午の高さに近付きつつある日差しがとても強いことや、後宮のその場所が少し入り組んでいることだけではない。

「ヘビさん、ちょっとまっててね？　んしょ……」

　クラウディアが作り出す影は、普段よりとても小さかった。

　砂に埋め込まれた石畳を踏む足も、歩きながら壁をぺたぺた触る手も同様だ。とことこ歩くクラウディアに合わせて、大蛇も緩やかに進んでくれている。クラウディアはふふっと笑いながら、蛇の頭を撫でてお礼を言った。

「それにしても、ひさしぶりだわ。……六歳の、ちいさな子供のすがたになるなんて」

　後宮を歩くクラウディアは、先ほどまでの大人姿からも十三歳という実年齢からも掛け離れた、六歳の女の子の姿を取っていた。

　肩の出たワンピース状の少女らしいドレスは、透き通った布地を幾重にも重ねている。編み紐《ひも》の涼しいサンダルを合わせ、金色の丸いアンクレットを足首につけた。

　ミルクティー色をした長い髪を、本当の六歳だった頃ノアによく編んでもらっていた編み込みにしつつ、くるんと後ろでねじるようにして纏めておく。

　クラウディアが幼い子供の姿になったのは、この大蛇を送り届けるためだった。

「もう少しであなたのおうちよ。あつくないかしら？」

　蛇は返事をするように頭を揺らす。どうやらこの大蛇がやってきたのは、クラウディアに与えられた宮と対《つい》になる宮らしいのだ。

『砂漠に逃がしてあげる』と大蛇に話したとき、何かを訴えるように蛇が顔を向けたのは、後宮の反対側にある宮だった。

（アシュバルの婚約者だという、ここで最も位の高い姫君が住んでいる宮……）

あの宮で飼われていた蛇が外に逃げ出し、クラウディアを驚かせたい女性たちに捕まってしまったのだろう。

そのためクラウディアは蛇の護衛を兼ねつつ、暑さで弱らないように魔法で涼ませながら進んでいた。遣いを出して迎えに来てもらわなかったのは、この蛇に事情があるのではないかと推測されたからだ。

（この子の存在が後宮で知られているのであれば、私への嫌がらせに利用されたりしないはずだもの。こっそりと秘密裏に飼われているのだわ）

それならば同じようにこっそりと、大蛇を宮の中に帰してあげなければならない。

そしてクラウディアはとある予想を立て、子供姿に変身した。周りから姿を察知されにくくする魔法も重ね、ここまで歩いてきたのである。

「ふう。ようやくついたわね、ヘビさん」

目的の宮を取り囲む壁に身を隠し、クラウディアはひそひそと話し掛けた。壁で隠されている死角の向こうには、クラウディアの宮と違い、見張りとなる女性魔術師たちが立っている。

（転移や侵入用の魔法を発動させると、結界に感知されるはず。それなりに多くの魔力を消費すれば対処できるかもしれないけれど、出来れば避けたいもの）

そうやって魔力を使いすぎて、知らない人の宮で眠くなるのはいただけない。ここには甘えられるノアがいないので、眠たいときは自分で寝所を確保しなくてはいけないのだ。

十三歳になっても相変わらず、クラウディアは魔法を使い過ぎると眠くなる。

はっきりと口に出さないものの、数年前からノアがそのことを案じているのには気付いていた。

「……ヘビさん。どこから来たのか教えてくれる？」

クラウディアがそっと尋ねると、蛇はするするとクラウディアを誘導するように動き始めた。そして案内されたのは、壁の一部がぼろりと崩れた穴の前だ。

「やっぱり。あなたが逃げ出しているということは、出入りできる場所があるということだものね」

そしてこの蛇が入れる綻《ほころ》びは、子供姿のクラウディアであれば、十分に入ることの出来る大きさだった。

宮の内側にさえ入れれば、そこからは他の人たちに気付かれず、飼い主のもとに戻れるだろう。

クラウディアはあと少しだけ、蛇が暑くない場所まで送り届けてあげればいい。

(子供姿の方が都合が良いわ。そのついでに、色々と探れるものね)

蛇が先に中へ入ったあと、クラウディアが真似をして穴を通り抜ける。入り込んだ壁の内側で、クラウディアはぷうっと息を吐いた。

そこは噴水と、オアシスの周辺でよく見られる植物に彩られた庭だ。

(……気配がする)

クラウディアは内心で分析しながら、ことさら子供っぽく明るい調子で声を上げた。

「ヘビさん、おうちについたからもう少しだよ！　きっとママに会えるから、いっしょに行こうね！」

するとがさがさと音がして、誰かが足早にこちらへと向かってくる。クラウディアはようやくそれに気が付いたというふりをし、きょとんとした演技で振り返った。

「――そこの子供」

そこに立っていたのは、凜《りん》とした雰囲気を帯びた美しい少女だ。

月が明るい日の夜空を写したような、鮮やかで深い青色の髪。

すらりとした長身に、細くて華奢《きやしや》な印象を受ける体型の彼女は、その双眸《そうぼう》にはっきりとした意志を宿していた。

重そうに見えるほど長い睫毛《まつげ》が、何処か神秘的な雰囲気を帯びている。彼女は眉根を寄せ、突き放すような冷たいまなざしでクラウディアと大蛇を見ると、淡々と冷静にこう尋ねてきた。

「私の庭で、何をしている？」

身につけている宝飾品はさり気ないものの、どれも見るからに一級品だ。

そのように飾り立てていても、正しい姿勢でクラウディアと対峙《たいじ》する彼女の雰囲気は、ストイックな武人に近いものがあった。

（……この子がアシュバルの婚約者）

六歳の少女の姿をしたクラウディアは、何も分からないそぶりで瞬きを重ねる。けれども彼女が現れるであろうことは、当然予想が出来ていた。

（後宮で最も身分が高いとされる、ナイラ姫ね）

クラウディアは内心の思惑を隠し、無邪気なふりをしてにこっと笑う。

「おねえさん、こんにちはあ！」

「…………」

元気いっぱいの挨拶をすれば、ナイラは僅かに目を眇める。

「あのね！　私、ごえいさんなの！」

「……護衛？」

てててっとナイラの前に駆け出したクラウディアは、小さな手足を大きく動かしながら説明した。

「ちょっぴりだけ魔法がつかえるから、それでこの子をひんやりさせながら来たのよ！　あとちょっとでゴールなの！」

「……君は一体、何を言っている」

クラウディアは振り返り、姿が見付かりにくくなる認識阻害の魔法を解いた。

「おいで！」

「！」

現れた大きな蛇の姿に、ナイラが目を丸くする。

「この子のおうち、ここですか？」

「ミラ……！」

どうやらこの蛇の名前は、ミラというらしい。ナイラは蛇に駆け寄ると、心配そうに屈み込んで声を掛けた。

「ミラ、大丈夫か!? よかった、心配したんだ……」

ナイラに抱き締められた蛇は、心地良さそうに目を細める。『蛇は女の子だったのね』と納得しつつ、クラウディアは蛇に微笑み掛けた。

「よかった、やっぱりこっちがおうち！ ごえいのお仕事、これでおしまいー」

両手をあげてぴょんと跳ねれば、ナイラは蛇から身を離してクラウディアの前に膝をつく。

「君がミラをここまで連れてきてくれたのか？ ありがとう、礼を言う……」

「えへへ。なかよしになったから、一緒にきたの！」

「……見慣れない顔だな。君はもしや、先日この後宮に新しくやってきた姫君の……」

クラウディアは後ろで手を組むと、可憐で幼い少女そのものの振る舞いで告げた。

「――『アーデルハイト』」

この辺りでは珍しいであろう名前の響きに、ナイラがわずかに目を見開く。

前世の名前を名乗ったクラウディアは、可愛らしく首を傾げながら続けた。

「これが私のおなまえ！ ディアねえさまのおてつだいをして、お行儀をべんきょうするために、こーきゅうに来たの！」

「……そうか」

「おねえさんは、おなまえなんていうの？」

彼女を呼ぶために尋ねると、ナイラは胸に右手を当てて真摯に答えてくれる。

「私はナイラ・エル・バラク。現時点で、最も長くこの後宮に住む者だ」

「じゃあ、ディアおねえさまの『せんぱい』！」

「ふ。そうだな」

クラウディアを見て微笑むナイラは、恐らく子供が好きなのだろう。クラウディアが辿々《たどたど》しく喋るたび、彼女の凜とした雰囲気の中に柔らかさが滲んだ。

「この蛇は私の友人でミラという。この国では蛇は不吉を象徴するので、みなを怖がらせないように存在を隠していたのだが、まさか庭から逃げ出すとは……」

ナイラの手がやさしく蛇の頭を撫でる。

「私の不始末で、ミラには可哀想《かわいそう》なことをした。君にも手間を掛けさせたな」

「ううん！　ミラといっしょ、たのしかったよ！」

「ありがとう。なにかお礼をしたいのだが……果物などを出すにも、まず君の姉君に許可を取る必要がある」

ふむ……と考え込んだ様子のナイラを見上げ、クラウディアは小さな手を挙げた。

「わたし、ナイラおねえさんとおしゃべりしたい！」

「私と？」

「うん。ディアねえさまお昼寝してて、たいくつなの……だめ？」

潤んだ瞳で甘えて見つめると、ナイラは「うっ」と唸《うな》って左胸を押さえる。

「……駄目じゃないさ。私でよければお相手しよう」

「わあい！　ありがとう、ナイラおねえさん！」

「ただ、少し待っていてくれないか？」

ナイラは振り返ると、水路の横に植えられたヤシの木に歩いてゆく。その根元に転がっていたのは、美しい装飾の施された弓だ。

「ミラが居なくなったのに気付いたとき、慌てて放り投げてしまったんだ。この弓を片付けてこなくては」

「おねえさん、弓のれんしゅうしてるの？　かっこいい！」

「ありがとう。そんなに大袈裟《おおげさ》なものではないのだが、弓の扱いの訓練が私の日課なんだ」

飾られたナイラの手が、愛《いと》おしそうに弓を撫でる。金色に輝く弓には、太陽をモチーフにした紋様が彫り込まれていた。

あちこちに宝石も嵌め込まれ、繊細な細工がなされている。位の高い姫が手元に置いても違和感のない、武具というよりも美術品のような仕上がりだ。

そしてなによりもその弓は、一羽の鳥が大きく翼を広げた姿を模《かたど》ったような、そんな装飾が施されていた。

（黄金に輝く、まるで鳥のような造りの弓――……）

ナイラはその弓から弦《つる》を外しつつ、足元の蛇に微笑みかける。

「ミラ。私が弓を仕舞いに行く間に、アーデルハイトを案内してくれるか？」

「……わあい！　つれてって、ミラ！」

クラウディアはにこにこと喜びつつ、ナイラには気付かれないように、その弓へと視線を向けるのだった。

＊＊＊

ナイラの宮に招かれて早速、クラウディアには気が付いたことがある。

（――この子。いま王宮にいる『王』がアシュバルではないことを、察しているのね）

清らかな水が湧き出る宮内の庭で、ナイラはクラウディアにいろんな話をしてくれた。

クラウディアは凍らせた果物をもぐもぐと食べながら、彼女の本心に気が付いたのだ。それはつい先ほど、クラウディアがこう尋ねたことに起因するものだった。

『ナイラおねえさんは、ディアねえさまのことがきらいじゃないの？』

『ん？　……ああ。私は君の姉君のことを、嫌っても憎んでもいないよ』

彼女の声音は落ち着いていて、自分の感情を誤魔化している様子はない。

クラウディアに嫌がらせをしてきた女性たちの様子を見れば、『王が外で見付け、気に入って連れて来た』という触れ込みのクラウディアが、後宮の女性たちにとって脅威であることは明白だ。

ましてや数日前に来たばかりの身でありながら、ナイラと対になる宮に通されている。新入りが王の婚約者と同じ待遇を受けている状況は、誰の目にも異質に映るはずだった。

それなのにナイラは動揺していない。その上で、クラウディアにこう尋ねてきたのだ。

『ひとつ尋ねてもいいか、アーデルハイト。君はここに来る前に、陛下とお会いしただろうか』

『……うん！　会ったよ！』

『陛下はどのようなお姿だった？』

『くろい髪で、背がたかくて、かっこよかった！』

トパーズの金色をしたナイラの双眸が、クラウディアを見てふっと細められる。

『それなら、瞳の色は？』

『……』

そう尋ねられて、クラウディアはにこりと笑った。

『あんまり、おぼえてない！』

『…………』

アシュバルの瞳は赤い色で、ノアの漆黒の瞳とは違う。ナイラはそれを確かめるために、クラウディアに問い掛けてきたのだ。

（髪色は魔法や薬品で染められても、瞳の色を変えるのは、多くの人にとっては難しいもの）

ナイラはいま王宮にいる人物が自分の婚約者でないことを、なんらかの理由で悟っているのだ。

けれど確たる証拠はなく、幼い子供に対してならば怪しまれないで済むと考え、王の瞳の色を聞いたのだろう。

『そうか。妙なことを聞いてしまったな、すまない』

そんな先ほどまでのやりとりを思い出しながら、クラウディアはナイラを見上げる。

「ナイラおねえさんは、王さまのおともだち？」

「少し違うよ。……いいや、昔は確かにそうだったか……」

ナイラは懐かしそうに目を細め、傍らの蛇を撫でながら言った。

「かつての私は君のように、この後宮にやってきた姉の同行者だったんだ。歳《とし》の離れた姉は、先代国王陛下のために後宮入りして——私は後宮で姉の身の回りのことを手伝いながら、淑女の振る舞いを学んでいた」

「おねえさん、私といっしょ！」

「ああ、一緒だ。だけど私は、後宮のような煌びやかな場所で暮らすよりも、砂漠を駆け回る日々に憧れていてね」

少しだけ自嘲を交えてナイラは立ち上がり、庭を彩る噴水の方に歩いてゆく。クラウディアもそれについていき、ふたりで噴水のふちに座った。

「この宮から逃げ出して、後宮の隅でこっそり泣いていたんだ。——そんなとき、アシュバルを見付けた」

ナイラの手が、噴水の池に溜まった水へと触れる。

彼女が視線を向けたのは、庭の東側にある壁の方だ。

「子供とはいえ、後宮に陛下以外の男は入れない。結界が張られていて侵入も不可能なはずなのに、当時まだ王ではなかったアシュバルはそこにいたんだ。足から血を流して、苦しそうで」

そのときのことを思い出すだけで胸が痛むのか、ナイラが顔を顰める。

「女神像の足元が真っ赤に濡《ぬ》れていてな。……あの光景は、忘れられそうにないよ」

女神像という言葉が引っ掛かりつつも、クラウディアは問い掛けた。

「ナイラおねえさんが、たすけてあげたの？」

「ろくな手当は出来なかった。けれどあいつはなんとか回復して、私が差し出した水と食べ物を本当に喜んで……」

かつてのアシュバルを思い出したのだろうか。くすっと笑ったナイラの横顔は、心の底から愛おしげだ。

「怪我《けが》が治って姿を消したあとも、あいつは時々こっそり私のところに訪ねてきて、外のいろいろな話を聞かせてくれたよ。私が外に行ってみたいと呟《つぶや》くと、『駄目だ。お前は弱いからすぐに死ぬ』なんて言ってな」

「お外のさばく、こわいのいっぱいいる！」

「そう。だからあいつは、弓を私に教えてくれたんだ」

ナイラがそっと指差したのは、的らしきものが彫り込まれた木だった。

「最初は的を射抜くどころか、弓を震えずに構えることも出来なかったな。でも、アシュバルは根気よく教えてくれた。『もし弓が上手にならなくても、いつか外に出られたときは、俺が守ってやる』と約束してくれて……」

「王さま、かっこいい！」

「あいつが聞いたら喜ぶよ。そんな昔の話を人にしたのかって、恥ずかしがるかもしれないが」

噴水の傍を吹き抜ける風が、冷たくて心地良い。ナイラは青く長い髪を手で押さえつつ、やさしく微笑む。

「あいつの隣に並びたいと思った。守られる姫ではなく、互いに背中を預けられるような存在に」

ナイラの凛とした雰囲気は、そんな一心から来ているもののようにも思える。クラウディアはにこりと笑い、無邪気な子供のそぶりで尋ねた。

「おねえさんのきれいな弓は、王さまにもらったの？」

「……ふふ。内緒だぞ？」

「………………」

「なんだか君と話していると、ついつい昔のことを思い出してしまうな。あの頃は確かに、私たちは友人だった」

けれど、と彼女は俯く。

「いまは婚約者といって、やがて結婚しなければならない者同士なんだ」

ナイラが苦笑してみせたので、クラウディアは首を傾げる。彼女の口ぶりが、あまり前向きとはいえない物言いだったからだ。

「ああ、そうか」

しかしナイラはその様子を、別の疑問によるものだと捉えたらしい。

「異国から来た君には、私という婚約者がいることと、姉君が後宮に呼ばれた現状があまり結び付かないかな。なんというかこの国の王さまは、何人もの妻を持つことが出来るんだよ」

「んーん。変なのはそうじゃなくて、おねえさんが王さまとけっこんするの、ざんねんそうだったから」

「……それは。アシュバルと私は友人だったから、あいつのことを夫として見られなくて、違和感があるんだ」

「でも」

クラウディアは真っ直ぐにナイラを見上げ、率直に尋ねる。

「ナイラおねえさんの『好きなひと』は、王さまでしょう？」

「〜〜〜〜……っ！」

その瞬間、これまで凜として大人びていたナイラの顔が、突如として真っ赤に染まってしまった。

「っ、そ、それは……！」

（あらあら。かわいい）

内心で微笑ましく思いつつも、クラウディアは無邪気なふりをして続けた。

「おねえさんが王さまのこと大好きなの、すっごくわかったよ！　お話ししてくれてありがとう！」

「待ってくれ。あいつのことが大好きだなんて、私は……！」

「ちがうの？」

「う……っ」

そうだと偽るには抵抗があったのだろう。ナイラが真っ赤な顔で俯いたので、追撃はしないでじっと待った。

「……友人の、つもりだったんだ。あいつと並び立つのを夢見て、弓の練習を重ねていたのに」

恥ずかしそうに呟いたナイラが、噴水の水に浸していた指をぎゅっと丸めた。

「数年前に突然王宮に呼び出されて、まさかあいつが新しい王だなんて。……後宮の代替わりが行われたと思ったら、婚約者に決まってしまうなんて思わないだろう……?」

（なるほどねえ……）

幼馴染《おさななじみ》同然に育った少年が、夫になってしまったのだ。ナイラが動揺し、恥ずかしがるのも仕方がないだろう。

（その話を聞く限りでは、アシュバルも彼女のことを……）

とはいえ、そちらはまだ推測でしかない。クラウディアはふむふむと頷いたあと、ナイラの真似に見せ掛けて、噴水の水に触れた。

「おねえさん、ほっぺ真っ赤！　あつい？　おみず、つめたくて気持ちいいよ？」

「あ、ああ。ありがとう……」

ナイラは火照《ほて》りを隠すように、濡れた手で自分の頰を押さえる。にこにことそれを見上げながら、水から伝わるものを分析した。

（やっぱり）

クラウディアは、子供の姿になってまでこの庭にやってきた最大の目的に目を眇める。

（この後宮。……私の宮と彼女の宮に流れる水にだけ、とても強い魔力を帯びているわ）

後宮にやってきた最初の日に、クラウディアは自宮《じぐう》の水浴び場で気が付いたのだ。あのときも、指に触れた水から伝わってきたものは、この宮と同じ性質の魔力だった。

（この砂漠の国で、水は自然に湧き出るものではない。国が魔術師を雇って、その力によって潤沢な水を巡らせているのだから、水から魔力を感じられるのは当然としても……）

この二箇所の水場から感じられるのは、それとは異質の魔力だった。

（先ほどまでの彼女のお話。後宮にやってきた三日間で、おおむね調査はしたつもりだったけれど）

クラウディアは目を輝かせ、ナイラに尋ねる。

「おねえさん。わたしも、『女神像』見てみたい！」

「え……」

クラウディアはその『女神像』なるものを、後宮内で見たことがなかった。

「だってその女神像のところに、おねえさんの『うんめいのひと』がいたんでしょ？　だからわたしもそこに行ったら、わたしの王子さまに会えるかも！」

「……ふふっ」

ナイラは微笑ましそうに笑い、クラウディアに言い聞かせた。

「連れて行ってあげたいのは勿論なのだが。残念ながらその女神像は、王宮に運ばれていってしまったんだ」

「えーっ！」

後宮に見当たらなかった理由は、どうやらすでに存在していなかったためらしい。

「女神さま、どうしてつれていかれちゃったの？」

「なんでも本来の設置場所ではなかったそうだ。アシュバルにも聞いていないから、王宮でどうなったかは分からない」

ナイラはそこで、少しだけ寂しそうにこう続ける。

「……私たちは王に呼ばれない限り、王宮に足を踏み入れることも、後宮から出ることも出来ないからな」

「…………」

この後宮には、王を迎えるための特別な寝所が設けられている。姫たちは夜伽に呼ばれると、その寝所で王を迎えるのだそうだ。

あるいは護衛をつけた上で後宮を出て、王宮にある寝所に入ることが許されるのだと聞いた。

「もしかしておねえさん、王さまとずーっと会えていないの？」

「そんなことはない。時々この後宮にやってきて、子供の頃となんら変わらない話をしていくよ。

――こそこそ忍び込まなくとも、堂々と正門から入ってこられるようになったから」

（それなら……）

クラウディアはふむふむと納得して、噴水のふちから砂の上にぴょんと降りた。

「もうすぐディアねえさまが起きちゃう！　わたし、そろそろかえらなきゃ」

「随分と時間が経ってしまったな。ミラを助けてくれた上に、話し相手になってくれてありがとう。アーデルハイト」

ナイラも立ち上がると、クラウディアに目線を合わせるようにして屈み込む。

「また遊びに来てくれないか？　君といるとつい饒舌《じょうぜつ》になってしまう。嫌でなければだが」

「うん！　わたしもまた、おねえさんにあそんでほしい！」

「ふふ、ありがとう。……壁の穴は魔法で塞いでしまったから、正面から帰るといい。送って行こうか？」

「だいじょーぶ！　またね、ナイラおねえさん！」

クラウディアは大きく手を振ったあと、宮の外まで駆け出した。自分の宮と対になっているから、案内がなくとも道は分かる。

そして自分の宮につくと、ぽんっと音を立てて魔法を解いた。完璧な大人でも完全な子供でもない、いまの実年齢である十三歳の姿に戻ると、大きく伸びをする。

（さて、と）

魔法で紡いだドレスを解き、短いインナードレス姿になって水浴び場に向かった。腰までの浅さになっている部分に、ちゃぷんと浸《つ》かる。

人魚のように水の中で足を伸ばし、ゆらゆらとスカートの尾ひれを動かしながら、クラウディアは指に魔力を纏わせた。

（ノアにお手紙を書かなくちゃ）

そして指先を空中に滑らせ、文字を綴《つづ》る。

（『愛しい陛下へ』）

クラウディアは少し考えたあと、率直に要求を示すことにした。
（――『どうか今宵《こよい》、私をあなたの夜伽役に選んでください』）

第3章

「…………」

「……坊主……」

己に割り振られた『公務』をすべて終わらせ、玉座の間から執務室へと移ったノアは、クラウディアからのその手紙を受け取ってしまっていた。

執務机の上に両肘をつき、組んだ手の上に額を乗せたまま、どれくらい口を噤《つぐ》んでいただろうか。

ノアがずっと無言でいる様子に、後ろへ控えるように立ったファラズが、僅かな同情を向けてくる。それでいてその声音には、隠しきれない愉快さが含まれてもいた。

「ふっ、くく……元気出せって。後宮にいる新入りの姫君こそが、お前の惚《ほ》れてる主人なんだろ？『閨《ねや》に呼んで』とねだられるなんて、男冥利に尽きるってもんだ」

「……恋慕ではないと申し上げたでしょう」

ノアは深く俯《うつむ》いた姿勢のまま、地を這《は》うような低い声で反論した。

「第一に。このお呼び出しはただの業務連絡でしょうから、あなたに面白がられるようなことは何もありません」

「いいじゃねえか、業務連絡で上等。寝所で内緒話が出来る状況なんか、役得だろ？」

「…………」

「この国の閨着《ねやぎ》は艶《つや》っぽいぞー。後宮の他の姫たちを誤魔化すために、それなりの格好をして来てくれるかもしれん。よかったなあ坊主！　そうなったら……」

揶揄《からか》い混じりだったファラズの声音が、本気で沈黙しているノアを見てぴたりと止まった。

「………………」

「……わ、悪かったよ……」

ファラズから面白半分に励まされた所為《せい》で、頭の痛さがなお増した。ノアは深く溜《た》め息《いき》をつき、後宮の遣いから受け取った手紙を横目に見る。

『愛《いと》しい陛下へ。どうか今宵《こよい》、私をあなたの夜伽《よとぎ》役に選んでください』

（……姫さま……）

彼女がどんな表情でこれを書いたのか、ノアの脳裏には容易に浮かんだ。

あのくちびるに微笑《ほほえ》みを宿し、心の底から楽しそうにして、上機嫌な鼻歌を歌いながら綴《つづ》る様子だ。おまけに先ほどのファラズの発言の所為で、余計な邪念が浮かんでしまう。

『三日ぶりにノアに会うのだから、可愛《かわい》い格好をして行かなくちゃ』

「…………っ」

ノアはぐっと自分の前髪を握り込み、執務机への頬杖《ほおづえ》をずるりと崩して、思わずこう独りごちた。

「……助けてくれ……」

「坊主……。さすがに本気で可哀想《かわいそう》になってきたぞ、おじさんは」

だが、この状況に振り回されてばかりもいられない。

（これはまさに『業務連絡』だ。姫殿下が後宮で収集なさった情報と俺の情報を摺《す》り合わせ、共有を行う場）

ゆっくりと身を起こし、豪奢《ごうしゃ》な椅子に背中を預け、もう一度大きく溜め息をつく。

「……ディア姫を、王宮の寝所にお招きする準備をしていただけますか」

「そっちでいいのかい？　アシュバル陛下から、お前さんの後宮への出入りは許可が出ているが」

「女性だけが暮らす場所です。偽の王である男が出入りするのは、その方たちの安心を裏切る行為でしょうから」

するとファラズは肩を竦《すく》め、「承知」と笑う。

「待ってろ坊主。王の忠実なる臣下たちによって、寝所を全力でロマンチックに仕立てさせてやるからな」

「本気でやめていただけますか」

こうしてノアは、三日ぶりのクラウディアとの対面を、凄《すさ》まじい気苦労と共に迎えることになるのだった。

＊＊＊

すっかり夜も更けたころ。

侍女を使わず、ひとりで湯浴《ゆあ》みを済ませた大人姿のクラウディアは、ふわふわのガウンを纏《まと》って鏡台に向かっていた。

「さて、と」

湯上がりの体にクリームを塗りこんで、くちびるも肌もぷるんとしている。

ミルクティー色の髪を梳《す》く櫛《くし》は真珠製で、髪の美容にぴったりな魔法を掛けた上、月光をたっぷりと当ててあった。

つやつやとした輪のような輝きを放つ髪は、邪魔にならない程度の華やかさが出るように、一部だけを緩く編み込んでおく。

(ナイトドレスは折角だから、この国の後宮らしい衣装にしましょうか)

ノアにもらった指輪の魔法道具から、着替えのドレスが生まれる指輪を選ぶ。けれど、指輪はいつもと違う反応を示した。

(ふふ、やっぱり)

オパールの指輪は魔力を帯びて光るものの、いつものようにドレスが生成されることはない。

(ノアの指輪に、夜伽の用途に使われるものが記録されている訳はないわね)

魔法によって作り出される衣服は、頭の中でデザインなどを考え、その上で出力しなくてはならないのだ。この指輪も同様で、クラウディアのための衣装がたくさん登録されている。

ノアがそこに、夜伽用のドレスを入れるはずもないのだった。

(それなら、私の自由に作ってしまいましょう)

クラウディアは鏡台の椅子から立ち上がると、纏っていたガウンをするりと肩から落とす。

「——三日ぶりにノアに会うのだから、可愛い格好をして行かなくちゃ」

クラウディアの上機嫌を、きっとノアは何もかも予想しきっているだろう。

こうしてクラウディアは、頭の中に描いたイメージのドレスを、完璧な魔法によって纏うのだった。

＊＊＊

その夜、後宮にたったひとつだけの門が、外に向かって開かれていた。

後宮の姫を乗せるためのラクダは、月を模《かたど》った装飾の鞍《くら》をつけられて、王の寵姫《ちようき》をゆったりした足取りで運んでゆく。

ラクダの手綱を引くふたりの女性魔術師は、十分にも満たないその道行きを護衛してくれていた。

その鞍に横座りで腰掛けたクラウディアは、真っ白なベルベットのローブを羽織っている。砂漠の夜は冷えるため、たとえノアの指輪に守られていようとも、ふさわしい装いが必要だ。

雲を織り込んだようなそのベルベットは、月の淡い光を受けてほんのりと輝いている。長い裾の下方には、星を思わせる小さな宝石がいくつも縫い込まれ、ちりばめられていた。

クラウディアが顔を上げれば、王の部屋に続く黄金の扉が見えてくる。そしてその扉の前には、数人の護衛を傍《そば》に控えさせたノアが立っていた。

深いサファイアブルーの詰襟《つめえり》服は、まだまだ成長途中でありながら、しっかりとしているノアの体格をよく魅せている。

太陽を思わせるような、精緻で煌《きら》びやかな金の刺繍《ししゅう》が施され、それが遠目にあっても美しい。

クラウディアが与えた耳飾りだけでなく、首飾りや腕輪に指輪といった装飾品を身につけている姿は、いささか珍しいものだ。

正しい姿勢で立つその姿は、見ている者も自然と佇《たたず》まいを直したくなるほどだった。王らしい悠然とした余裕がありながら、剣士としての自然な警戒も怠っていない。

それらが重なり合って生まれる威厳を前にしては、誰もこれが偽者の王だなどと思わないだろう。

（ふふ）

三日ぶりに顔を合わせるノアは、眉間に少し皺《しわ》を寄せている。

それがあまりに可愛くて、クラウディアは小さく微笑んだ。するとノアではなく、その左右に立つ護衛たちの方が動揺して息を呑《の》み、クラウディアに釘付《くぎづ》けとなって惚《ほう》けた目をする。

「……驚いた。絶世の美女とは、まさにこのこと」

ノアの一番近くに立つ男が、小さな声で呟《つぶや》いた。

遠くから集音魔法でそれを耳にしたクラウディアは、彼とノアの距離感が少し近いことに気が付く。ノアがうるさそうに顔を顰《しか》める様子も、王宮でその男と頻繁に会話を交わしているからこそなのだろう。

（アシュバルが言っていた、事情を知る側近のおじさまかしら。名前はファラズ……）

ノアの素直な表情を見て、王宮内にそんな相手がいることを嬉《うれ》しく思った。クラウディアを乗せたラクダは、そのままノアの前でゆっくりと止まる。

クラウディアは高い鞍の上から、ノアを見下ろして柔らかく告げた。

「私の我が儘《わがまま》を聞き入れ、今宵お時間を割《さ》いてくださったこと。心から嬉しく思います、陛下」

そうして次に、ノアの方に右手を差し出す。

（いまの私は主君でなく、王であるお前の寵姫よ。――分かるわね？）

そんな意図を込めて微笑めば、渋面のノアは小さく溜め息をつく。

その上で一歩踏み出すと、クラウディアの伸べた手を取った。

クラウディアの体が魔法でふわりと浮き、纏っている純白のローブが翻る。裾に散らした宝石がたいまつの光に瞬いて、まるで流星群のようだ。

そうして鞍から降ろされたクラウディアの体は、ぽすんとノアに抱き止められる。

ノアはクラウディアの背中に腕を回し、大切な壊れ物を扱うように抱き締めると、耳元でこう囁《ささや》いた。

「――『ディア』」

「！」

クラウディアのことを呼んだのは、低くて少しだけ掠《かす》れた声だった。

本当の名前を使った偽名のため、まるでノアに愛称を呼ばれているかのようだ。やさしく梳くように髪を撫《な》でたあと、静かにこう尋ねてくる。

「後宮で、不便な思いをしてはいないか」

「……ええ、陛下。いただいた贈り物のお陰で」

そう教えると、少しだけ安堵《あんど》したようだ。

ノアはクラウディアへの華美な賛辞を口にするでもなく、それでいて周囲に見せ付けるように口説くのでもなく、ただ願う。

「早く寝所へ。……ふたりだけになりたい」

そんな端的な言葉こそ、却《かえ》って周囲には説得力があったのだろう。周囲の護衛たちは驚いたあとに、恋人同士の触れ合いにあてられたかのような雰囲気で、少し咳払《せきばら》いなどしながら俯いた。

（満点ね。私のノア）

この様子を見た者は、クラウディアが王の寵姫であることを疑わないだろう。

クラウディアが後宮を調べていることも、この逢瀬《おうせ》が互いの情報共有であることも、すべてを完璧に覆い隠してくれたはずだ。

（黄金の鷹《たか》が見付かった後にはアシュバルの口から、『ディア』は後宮調査のための人員だったと説明される手筈《てはず》だもの。私の存在がナイラに長期的な悪影響を及ぼす心配もないわ）

クラウディアはノアから身を離すと、間近に見上げてにこりと笑う。

「……抱っこして？」

「…………………」

小さな頃と同じ言葉で甘えると、ノアは頭痛を我慢しているかのような顔をしたあとに、クラウディアを横抱きに抱え上げてくれたのだった。

＊＊＊

「……姫殿下……」

「ふふっ。会いたかったわ、可愛いノア」

その寝台に降ろされたクラウディアは、白いローブを脱いで転がると、シルクのシーツが露出した肌に触れる感触を楽しんでいた。

室内に焚《た》かれた香からは柔らかな甘みのある、この地方の花蜜の香りがしている。魔法で快適な温度に保たれた部屋は、とても過ごしやすい。

「見てちょうだい、この閨着。昔読んだ本を参考に作ってみたのだけれど、とっても可愛いでしょう？」

「……」

クラウディアが纏っている閨着は、柔らかなターコイズブルーのドレスだった。軽くて柔らかなそのドレスは短く、太ももの半分くらいまでしか隠さない丈だ。

「この裾の短さ。暑い日でも快適に過ごせる工夫というだけでなく、露出している太ももの形が綺《き》麗《れい》に見えるわ。脚のラインが透けて見えるのも洒落《しゃれ》ているわよね」

「………」

ゆるやかなドレープを描いて広がる裾は、滑らかな曲線を描く太ももの形を際立たせた。

太ももだけでなく肩も出し、華奢《きゃしゃ》な肩紐《かたひも》によって吊《つ》る形の衣装になっていて、これにはくったりとした柔らかな質感の布地を使っている。

銀の糸によるふんだんな刺繍は、美しい花を描いた図柄にした。胸のすぐ下を絞るように結んだリボンは、華奢な体を優美に強調するためのものだ。

「コルセットを着けていなくても、ウエストのくびれがよく目立つように考えられているみたい。背中も大きく空いているから、素肌や肩甲骨《けんこうこつ》を見せることですっきりした印象になるのね」

「…………」

そしてこの辺りの伝統である織り方をした生地は、上質な手触りでありながらとても薄い。そのため少しでも目を凝らせば、閨着からクラウディアの体のシルエットが、太もも以外も透けているのだった。色の着いた光を纏っているかのようで、その軽やかさがとても心地良い。

「それに、ほら」

胸元はことさらに大胆で、谷間を見せるように大きく開き、大人姿をしたクラウディアの豊かな胸を包み込んでいた。

ちょうど谷間のところに揺れるのは、雫《しずく》のようなダイヤモンドの粒を使った首飾りだ。

「胸元がこんなに空いているのに、デコルテが上品に見えるフリルと刺繍が素晴らしいの」

「…………左様で…………」

そうしてノアは頑《かたく》なに、クラウディアの方へ視線を向けない。

「ノアが作ったのではないドレスを着るのは、下着以外だと久しぶりね」

クラウディアはうつ伏せにころんと寝返りを打ち、大きな枕を抱き締めながら笑った。

下着の類《たぐい》はノアが可哀想なため、クラウディアが自分で魔法によって作り出しているが、人目に触れる衣服はすべてノアに任せているのが日常なのだ。

思い出せる限りでは数年前、海の底にある学院に入った際の制服まで遡《さかのぼ》るかもしれない。

「あら？　でも、これも下着のようなものかしら」

「姫殿下……」

クラウディアが太ももの辺りの布地をぴらっと摘《つま》めば、ノアが自身の額を押さえて俯いた。

「……ご自覚が無いのであれば、恐れながら申し上げますが」

「あら。もちろんわざとやっているのよ？」

「………………」

ノアの眉間の皺がますます深くなる。揶揄っているのを白状した結果、ノアはいよいよ本格的にそっぽを向いてしまった。

「お上着を用意しますので、お待ちを」

「ひどいわノア。せっかく可愛くおめかししたのに、お前が褒めてくれないなんて」

「あなたがお可愛らしいのは、俺などが言い表すまでもありません」

「嫌。ちゃんと言って？」

「……」

ノアは溜め息をついたあと、顔を上げてクラウディアの目を見る。

「……お美しいです。とても」

「良い子！」

可愛いではなく美しいと言われ、クラウディアは大満足だ。

ノアは少し眩《まぶ》しそうに顔を顰めたあと、再び視線を外してしまう。それから何か魔法を使おうとしたので、クラウディアは手を伸ばした。

「どうせ何か羽織って隠すなら、お前の着ている上着が良いわ」

「……承知しました」

ノアは纏っていた詰襟のボタンを外すと、寝台に乗り上げるように片膝をつく。

まるで上掛けのように広げ、クラウディアの背を覆ってくれたので、袖を通してからまた寝返りを打って体に巻き付けた。

「この三日間で、何かお困りのことはございませんでしたか？」

「それはもう、たくさん不便があったわ。なにしろノアが傍に居ないのだから」

何も困っていないとは告げない。クラウディアはノアが日々世話を焼いてくれることに、最上級の評価を向けている。

「けれどこの指輪たちには、とても助けられているわね」

クラウディアは指に輝く指輪をながめ、目を細める。

「魔法道具造りに関しては、私からノアに指導することはもう何も無いみたい。いまのお前なら、どんな魔法でも道具に閉じ込められるのではないかしら」

「……勿体無《もったいな》いお言葉」

魔法道具とは、さまざまな魔法を物に流し込み、それを閉じ込めたものだ。ドレス生成の魔法のように、あらかじめ決めておいた魔法を発動させる。

高品質な魔法道具は、たとえ作製から五百年経《た》とうとも、込めておいた魔法が正しく機能するのだ。

とはいえノアにとっては、魔法道具といえば呪いの込められたものだというイメージもあるのだろう。正しく使えば便利なものなのに、ノアはあまり積極的に作製する気にはなれないようだった。

「一刻も早く俺がお傍に戻れるよう、調査を進めます。この三日間のご報告ですが……」

「こちらに来て座りなさいな。でもその前に、ノアの淹《い》れたお茶が飲みたいわ」

「姫殿下のお命じになるままに」

そうして寝台に転がったクラウディアは、湯気の立つカップを魔法でぷかぷか浮かせつつ、ノアによるお茶を楽しんだ。

少々お行儀が悪いのだが、久し振りにノアに会って寛《くつろ》いだ気分になったので、こんな怠惰も仕方がないのだ。

クラウディアにねだられて寝台に腰を下ろしたノアと、お互いにこれまで集めてきた情報を交換しあう。

ノアは後宮での話を聞き、考え込むように目を眇《すが》めた。

「鳥の形をした黄金の弓、特定の宮の水路にだけ流れる魔力、王宮に運ばれた女神像……アシュバル陛下の幼馴染《おさななじみ》というお方は、後宮で多くの情報をお持ちのようですが」

「本当は、もっと細やかにノアと連絡が取れればいいのだけれどね。後宮の結界の頑強さには驚いたわ」

寝台にころころ転がったまま、クラウディアはあくびをした。

「無理やり通れないことも、『手紙』を通過させられないこともないけれど……誰にも気付かれずに行うのは無理ね。あの結界を穏便に通れるのは人間以外の動物だけ」

「魔物や盗賊の出る砂漠にあって、後宮は強固に守る必要があります。厳重なのは当然ですが、姫殿下」

空になったクラウディアのカップを手に、ノアはこう続ける。

「後宮に結界を張っているはずの術師が、未《いま》だ見付けられていません」

「……」

カップと交換で差し出された器には、宝石のように輝くさくらんぼが盛られていた。二つに切って種の取られたそれを、クラウディアは摘んで口に運ぶ。

「さっきノアの傍にいた、お髭《ひげ》の素敵なおじさまには？」

「確認しましたが、あの男も知らないと。……後宮の結界に関しては、アシュバル陛下以外の男には、解除方法なども知らされていないのだそうで」

「そうね。よからぬ目的で結界に侵入される危険もあるもの」

後宮の女性たちはしっかりと守られているようだ。ナイラのことを思い浮かべ、クラウディアは納得する。

「後宮は広いから、閉じ込められて窮屈とは誰も思わないでしょうけれど。本当に、とっても大きな宮殿だもの」

窓に掛けられた薄布をめくれば、遥《はる》かな城下までが見下ろせる。

砂の中に築き上げられた大きな都は、真夜中に空高くから見下ろしても、月というよりは太陽のように煌めいて見えるだろう。

「先代王はすごいわね。――何もない砂漠からこの広大な国を築き上げるまで、費やした期間はたったの千夜……」

わずか三年少々の期間で、きちんと機能する大都市を作り上げるのは難しい。

どれほど優れた魔法や無限の財源があろうとも、それらを動かす人間が有効活用できるかは別の問題だ。

「もっとも私の可愛いノアだって、立派な王さま代理を務めているようだけれど」

「俺は姫殿下の従僕です。……あなたに命じられたことは、なんだって果たすのみ」

その言葉がやはり可愛くて、手を伸ばしノアの頭を撫でる。ノアは少しだけばつが悪そうに、やっぱりクラウディアの方を見ないままだ。

「姫殿下のお話にあった女神像ですが。こちらも少し事情がありそうです」

「ノアも像のことが気になっていたの？」

「後宮を出入りした『物』の動きについて、一通り調査をいたしました。日用品を除けば数は少ないため、数年前まで容易に遡れます」

その中でも後宮から王宮に移動したものは珍しく、ノアも気に掛けて調べたのだという。

「どうやら女神像は、アシュバル陛下のご母堂《ぼどう》が遺《のこ》したもののようです」

「お母さまが？」

「女神像の場所は確かめてあります。俺ひとりで見に行くにはファラズ殿の目があり、いささか不自然ですが。姫殿下をお連れすれば、後宮で退屈なさっているあなたに珍しいものをお見せするという名目が出来るかと」

「さすがは私の良い子ね。それじゃあ……」

クラウディアが言葉を止めた瞬間に、ノアが立ち上がって窓の外を見遣《みや》る。

「……ノア」

「ええ」

ノアは手のひらに光の球を生み出すと、その強い光を窓の外に飛ばす。クラウディアも寝台から降り、ノアに場所を譲られて外の砂漠を見た。

はるか眼下、雲が月を隠して暗闇となったその砂漠に、金色を帯びた火花が爆《は》ぜる。

「遠雷……いいえ」

辺りを照らしてくれる光の球が、砂漠のただ中に向かってゆく。

「……随分と、巨大な火竜ね」

砂漠で暴れ狂うその巨体は、開いた口から炎を噴き上げていた。

轟音《ごうおん》の咆哮《ほうこう》が響く度に、凄まじい魔力の波動が迸《ほとばし》る。先ほどクラウディアたちが感じ取ったのは、この竜の魔力だ。

火竜が両翼を広げた姿は、この都に建つ平均的な民家よりも遥かに大きい。

そして竜は怒り狂っているかのように、その頭を振りながら業火《ごうか》を吐き出して、再び夜空に向かって吠《ほ》えている。

「俺が対処して参ります。どうか許可を」

月を隠していた雲が晴れ、黒曜石の色をしたノアの瞳をはっきりと映す。

太陽の下で見ても綺麗な双眸《そうぼう》は、月光を透かしてももちろん美しい。

「許すわ。私のノア」

そう告げると、跪《ひざまず》いたノアは瞬時に転移する。クラウディアは窓の外に向き直り、目の前に水鏡を出現させた。

遠くの景色を拡大する鏡に、月下の砂漠で暴れ回る火竜の姿を映し出す。直後に火竜の頭上には、まったく別の鮮烈な光が瞬いた。

強い光を切り裂くように落ちるのは、大きな剣を手にしたノアだ。ノアは真上に剣を構えると、迷いのない動きで剣尖《けんせん》を繰り出す。

落下の重力を利用して、まずは竜の片翼を切り砕いた。

「――――――!!」

この距離でも聞こえるほどの咆哮が響き、ノアの鼓膜がちょっぴり心配になる。

クラウディアは両手でカップをくるみ、小さな口でくぴりとお茶を飲みながらも、視線だけは真摯に火竜を観察した。

（最初に飛翔《ひしょう》を封じたわね。さあ次は……）

とんっと砂の上に着地したノアが、噴射される炎を後ろに跳んで躱《かわ》す。立て続けに襲い来る炎を軽くいなし、魔法で重力を削《そ》いだ体で跳躍すると、一気に竜の体の後ろに回った。

鮮やかな剣の一撃のあと、咆哮が轟《とどろ》く。

後ろ足を斬り付けられた竜は、悶《もだ》え苦しみながら地響きを鳴らしたずうんと沈み込むように砂上へと伏せたが、これで移動を封じられ、人のいる都に危害が及ぶことはないだろう。

（あとは離れた場所に転移させて、翼と脚を治してあげればいいわ。さすがは私の良い子の従僕）

月が雲に隠れ、辺りが暗くなってゆく。この暗闇に乗じてであれば、弱った竜を他の魔物や人の目に触れない場所で休ませてやれるはずだ。

竜へと手を翳《かざ》したノアは、竜を移動させるための転移魔法を使おうとしたのだろう。

けれどもすぐにそれを止め、目を見開く。

『……姫殿下』

クラウディアが見ていることを察しているノアが、くちびるの動きで語り掛けてきた。

『竜が、黄金に――……』

「………！」

クラウディアはぱちりと瞬《まばた》きをする。

水鏡に映し出されたのは、最初に落雷と錯覚した金色の光だった。

夜空に向かって咆哮する竜の体が、その尾から金色に変わってゆく。竜はそれを嫌がり、暴れるように身を捩《よじ》ろうとするのだが、金色はその硬い鱗《うろこ》をみるみるうちに侵食した。

『これは、あのグリフォンと同じです。いえ、それどころか』

まるで冷たい庭に撒《ま》いた水が、その端からすぐさま凍り付いていくかのようだ。間違いなく生き物だった竜が、途方もない大きさの金塊へと成り果てる。

(……まずいわね)

『……っ』

クラウディアが異変を察知した瞬間、ノアが咄嗟《とっさ》に結界を発動させた。

それと同時、ようやく王宮のほうぼうにある扉が開き、中から魔術師たちが姿を見せる。

「おい、なんだあれは!? 火竜が……」

「陛下が討ち倒して下さった！　すぐにあちらに向かわねば……！」

クラウディアはその中に、先ほどのあの傍らに居たファラズという男の姿を見付ける。そして彼にしか分からないよう、光の文字を綴って飛ばした。

「ファラズさま！　至急陛下のもとへ……」

「…………いや」

クラウディアからの『伝言』を手のひらに受け取ったファラズは、それを隠すように握り込んで周囲に告げる。

「陛下からのご命令だ。指示があるまで、王宮から動くなとの仰せ」

「……!? しょ、承知いたしました」

動揺する魔術師たちを足止めしたファラズが、「これでいいのか」と言いたげな視線でクラウディアを見上げる。けれどもそこにはもう、クラウディアの姿は無い。

「ノア」

砂漠に転移したクラウディアは、着せてもらったぶかぶかの上着に袖を通してノアの隣に立つ。

「お前に影響は起きていない?」

「はい。それよりも、どうかお下がりください」

ノアはクラウディアを庇《かば》うように手を翳し、それ以上の前進を妨げた。

「急ぎ結界を張りましたが、万が一ということもあります」

「……ひどく濁った魔力ね」

クラウディアは、穢《けが》れたものに向けるまなざしを竜に注ぐ。

正しくは、ノアの結界によって半球体の形に覆われた、竜を中心とする一帯を見据えた。中に閉じ込められているのは、竜だった金塊だけではない。

結界の中に充満するのは、腐臭のごとく膨れ上がった膨大な魔力だ。

「この禍々《まがまが》しい魔力が地脈から、見えない間欠泉《かんけつせん》のように噴き出しているのだわ」

恐らく火竜はそれに触れ、だから苦しんで暴れたのだろう。そこをノアとクラウディアに目撃されたのち、黄金化の魔法が発動した。

「うちの国にやってきたグリフォンも、同じようにこの魔力に触れたのかしら」

「……俺がこの竜のもとに転移した際は、少なくともこのような魔力は感じませんでした。討伐後、突如地面から噴き上がってきたものです」

「とはいえ私たちが最初に寝所で感じ取った気配は、こうしてみれば火竜のものではないわね。こちらの魔力の方だったのだわ」

クラウディアはくちびるに手を当てて、静かに考え込む。

「これほどまでの凄まじい魔力を、この三日間で一度も感じ取れなかった。私とノアが……？」

「………………」

そうしてふと気が付くのだ。

砂上には、狐《きつね》を思わせる形をした、小さな獣の足跡が残っているのだった。

＊＊＊

ノアによって更に厳重な結界を張ったのち、ファラズに状況を説明してから、魔力が噴き出した周囲の調査を行う。クラウディアたちが一通りの確認を終えた頃、東の空は暁に白み始めていた。

「……あの淀《よど》んだ魔力は、間違いなく呪いによるものだわ」

王の寝所に戻ってきたクラウディアは、寝台に寝転がってそう呟く。ノアが同じく寝台の上、クラウディアの隣に腰を下ろしているのは、そうねだって命じたからだ。

「恐らくは、魔法に触れたものを黄金に変えるという代物《しろもの》のはず。だけどこの国に来たときも今も、あの禍々しい気配は感じられない……」

ノアの分の枕を抱き締めて、クラウディアはむにゅむにゅとそう呟く。ノアはクラウディアの肩まで上掛けを上げながら、クラウディアの思考の続きを口にした。

「大地や海の中、自然の中にも魔力の流れは存在していて、それは地脈や海流などに沿っているとあなたに教えていただきました。しかし、あの禍々しい魔力は……」

「大自然の大きな流れで循環しているというよりは、意図的に歪《ゆが》められた地脈に渦巻いている印象を受けたわ。存在を感じていられた時間が短くて、細やかには追えなかったけれど」

しかしあのときは、咄嗟に結界を張って封じ込めたノアの対応が正解だ。

火竜の巨体が障害になっていたから良かったものの、噴き上がった魔力を浴びていれば、ノアだって体が黄金に変えられていた。

竜のような大きな魔物は、強い魔力の吹き溜《だ》まりに集まる傾向がある。恐らくあの竜は、飛行中に呼び寄せられたのだろう。

「それにしても」

クラウディアはむうっと頬を膨らませ、可愛くて勇敢な従僕を見上げる。

「お前ったら。火竜のところに転移した直後にはもう、異常事態に気が付いていたわね？」

「……まずは火竜を仕留めることが先決かと思いまして。砂の下から何かが来ていることは分かっていたので、竜の体で蓋をするように倒しました」

事も無げに言い切るが、それなりに危うい戦闘だったはずだ。ノアの無茶を叱る代わりに、クラウディアはお仕置きでこう告げる。

「寝返りで髪が乱れたわ。お前の手で撫でてちょうだい」

「……姫殿下」

「私が良いと言うまでよ？　早く」

袖を引いて命じれば、ノアは溜め息のあとに手を伸ばした。シーツの上に散らばっていたミルクティー色の髪が、久し振りにノアに触れられる。

「それと、ファラズおじさまにお願いして、魔術師たちに検《あらた》めてもらった結界内の状況ね」

ノアの方にころんと寝返りを打ち、クラウディアは続けた。

「結界の中には火竜以外にも、黄金に変えられた生き物たちが居たとのことだけれど……」

「流砂ウサギや砂漠ネズミなどが、結界越しに見える砂中に見受けられるそうです。恐らくは火竜以外に、噴き出した魔力に触れた小動物の類かと」

「つまるところ、黄金に変えられてしまうのは生き物だけ。それでいて、対象は魔物だけではないことを意味するわね」

大きな手に髪を撫でてもらいながら、クラウディアは呟く。

「あの魔力は呪いに起因するもの。けれどいまは、その気配を見事に消してしまっているわ」

「盗まれた『黄金の鷹』が呪いの魔法道具で、それによる事象と考えるのが妥当に思えますが」

「いずれにせよ、困ってしまったわね。人のいない砂漠のただ中で、ノアがいたからこそ誰も死なずに済んだけれど……」

ノアの指のあいだから、クラウディアの髪がさらさらと零《こぼ》れる。ノアはゆっくりと梳きながら、クラウディアの言葉の続きを汲《く》んだ。

「あの魔力が噴き出す範囲が広がれば、後手の対応では間に合いません」

「そうね。黄金に変えられた瞬間、火竜も絶命してしまったわ」

クラウディアは緩慢な瞬きをして、悪い未来を口にする。

「あれがこの都まで広がれば、夥《おびただ》しい数の人が犠牲になる。……いずれは国ひとつ、そして大陸中を飲み込んでしまっても、おかしくないわね」

「……」

そうなれば、生きているものはいない死の世界だ。

人も動物も魔物もみんな、物言わぬ黄金に成り果てる。そんな黄金郷は、誰にとっての楽園でもないだろう。

「まずは、んん……」

とろとろとした眠気に苛《さいな》まれ、クラウディアはぎゅっと枕を抱き締める。

我慢して目を擦《こす》ろうとすると、ノアの手がクラウディアの頬に触れた。

「……のあ……？」

眠たくてとろとろの声になる。クラウディアが小首を傾《かし》げると、ノアは少し苦しそうに眉根を寄せるのだ。

「魔力切れになってはいけません。どうかもう、お休みください」

「……朝までしかノアと一緒にいられないわ。すでに、日が昇ってしまっているもの……」

朝の四時を過ぎたばかりだというのに、窓辺に垂らした帷帳《いちょう》の隙間から光が差し込んでくる。それを開ければ、正午と錯覚するばかりの日差しが部屋を満たすだろう。

「あまり時間は、残されていないわ」

「………………」

黄金化の呪いへすぐに対処しなくては、取り返しのつかない事態が起こるだろう。

「それでも」

クラウディアをあやすようなノアの手は、とても緩やかに頬を撫でる。

あんなに小さな子供だったのに、ノアがいま紡いでいるその声は、大人の男性のそれだった。

「ただでさえ、ずっと大人の姿をなさっているのです。魔力使用の限界点は、幼少の砌《みぎり》より変わっていらっしゃらないでしょう」

「んん……。ちいさなころよりちょっとは、成長……」

「いけません」

今日のノアは少し厳しいようだ。

先ほどさり気なく掛けてくれた上掛けも、どうやら作戦の一環だったらしい。焚かれた香や部屋の温度といい、クラウディアが眠くて仕方なくなるように、あらゆる工夫が施されている。

「俺のいない場所で眠ってしまわれるくらいなら、束《つか》の間《ま》だけでも守らせてください」

「…………」

そんな懇願を向けられて、クラウディアは手を伸ばす。そしてノアの服を掴《つか》むと、ぐっと引っ張って隣に横たわらせた。

「近くに来て。……眠りに落ちる寸前まで、話をしていたいの」

「…………」

そんな我が儘を口にするのは、これが初めてのことではない。けれどもノアはぐっと眉根を寄せたあと、観念したように溜め息をつく。

「……姫殿下のお命じになるままに」

「んん……」

クラウディアはあくびをしながら手を伸ばすと、この忠実な従僕のお願いを聞く代わりに、彼を抱き枕にして目を閉じるのだった。

＊＊＊

シャラヴィア国王アシュバルは、砂と陽避《ひよ》けのローブを纏い、昼ひなかの砂漠を歩いていた。

まばらにつけられたラクダの足跡も、この一帯は綺麗に回避されている。立っているのはアシュバルだけで、少し離れた場所に黄金の都が見えるものの、辺りに人の声すら聞こえない。

ゆうべはここに、竜が出たのだ。

アシュバルは身を屈《かが》めると、灼熱《しゃくねつ》を帯びている白い砂に触れた。地脈から僅かに滲《にじ》む魔力に顔を顰めたあと、ぽつりと呟く。

「あの竜は、ノアがやったのか……」

改めて見上げた街の中央には、目が眩《くら》むほどに眩《まばゆ》い宮殿が建てられていた。

アシュバルはその傍に少しだけ見える、ターコイズグリーンの宮に目を遣《や》る。ふたつ見える頂《いただき》のうちのひとつでは、幼馴染である女性が今日も、弓の鍛錬に励んでくれている時刻だろうか。

「ナイラ」

彼女の名前を呟いて、アシュバルは目を眇めた。

「……会いたいな……」

そんな言葉が虚《むな》しく響き、思わず自嘲の笑みが溢《あふ》れる。こんなところで独り言を呟くなど、らしくもないと叱られそうだ。

アシュバルはフードを深く被《かぶ》り直すと、一歩踏み出す。

その姿はたちまち一匹の狐に変化して、滑らかな砂にてんてんと、小さな足跡をつけてゆくのだった。

＊＊＊

「よおよお坊主、お疲れさん」

「………」

にこやかなファラズからの声掛けに、王の代理を続けているノアは顔を顰めた。

彼の浮かべる満面の笑みには、揶揄いの色が濃く滲んでいる。少なくともこんな早朝に、王宮の回廊で見たい表情ではない。

げんなりしたノアが静かに睨《にら》み付けると、ファラズはますます楽しそうに笑った。

「っ、はは！　本当にお疲れのようだなあ」

「少し黙っていただけますか。俺も寝不足で余裕がありませんので」

他国の重鎮に対して有り得ない言葉遣いをしてしまうものの、この男に限っては構わないだろう。

ファラズは髭の生えた自身の顎を手で撫でながら、彫りの深い二重《ふたえ》が刻まれた目を眇める。

「このところ毎夜、お前のお姫さまがお泊まりだもんなあ。――惚れた女に手出しできない気苦労に揉《も》まれて、お前さんも可哀想に」

「……だから、そういった対象ではないと何度言えば……」

反論するのも疲れてきて、ノアは溜め息をついた。

あの火竜が砂漠に現れた日から、今日で三日が経つ。

クラウディアとの情報交換のため、ノアは夜になる度に『夜伽』と称し、寝所にクラウディアを招いていた。

姫を王宮に召し上げるのは、宮内警護の観点からも大変に目立つ。王が後宮に通う方が人目に付かないのだが、アシュバルへの最低限の礼儀としてそれを避けている以上、毎晩の盛大な迎え入れが行われていた。

（すべてが解決したあとは、俺が代理であることを伏せたまま、姫殿下の正体だけを『後宮の調査員だった』と公表して寵愛《ちようあい》がなかったことを明かすらしいが……）

それでも現状は、宮殿内で『王がディア姫にご執心』という噂《うわさ》に歯止めが利かない。耐えるしかないのは分かっているが、どうしても主君に対する背徳感が拭えなかった。

（とはいえ、人目を避けている場合じゃない）

クラウディアとノアの見解は、ここ数日で一致している。

『黄金化の呪いが及ぶ範囲は、徐々に拡大していっているわ』

火竜が倒れた地点だけでなく、他にも地脈を巡る魔力が不安定な箇所が見つかったのだ。

『このまま砂漠を広がっていけば、都や国も危険ね。やがては大陸中に広がって、世界を飲み込むはずよ』

『……そうなれば、この世界中の生物が黄金に……』

寝台に転がったクラウディアは頷《うなず》いて、枕を抱き締めた。

『やっぱり、黄金の鷹についてを知らなくてはね。アシュバルと接触したいのだけれど……』

『予め《あらかじ》連絡手段を決めておいたにもかかわらず、アシュバル陛下からは一切の応答がありません。病や怪我《けが》の類でなければいいのですが』

『私たちではなく、臣下を経由した方がいいのかもしれないわね。……ノア、少し荒療治だけれど』

それが昨晩のやりとりだった。クラウディアひとりに寝台を使ってもらい、長椅子で仮眠を取ったノアだが、寝惚《ねぼ》けたクラウディアが夜中にくっついてきたりと心労が多い。

「なんだかんだ言ってお前さん、やっぱディア殿に惚れてるだろ？」

そして目の前のファラズは、ノアの心労を心から面白がっているのだ。

「まさしく絶世の美女だもんなあ。安心しろって！　あの女性に命を助けられたら、人生めちゃくちゃになるくらい惚れない方がおかしいさ」

「…………」

「早めに認めないと、いずれ後悔することになるかもしれないぞ？」

警告めいた妙な発言に、ノアは思わず言い返す。

「そのような後悔など、するはずもありません」

「……まったく。本気でそう信じられるところが若さというか、可愛いというか……」

「そんなことよりも」

「！」

ノアが無詠唱で発動させた魔法に、ファラズが目を丸くした。

これは気配遮断の魔法だ。この辺り一帯の回廊を取り囲み、周囲の人間からノアとファラズの存在に気付きにくくする。

王宮の各所に配置された警護の人間が通り掛かっても、ノアたちの異変を察知する者はいないだろう。

ファラズがノアを見て、薄い笑みを浮かべながら尋ねてくる。

「……坊主。なんのつもりだ？」

「突然の非礼をお詫《わ》びします、ファラズ殿」

ファラズの腰にさげられているのは、刃が三日月のような形をした湾刀《わんとう》だ。彼がその柄《つか》に手を置くのを見据えながら、ノアはこう続けた。

「生憎《あいにく》ですがあなたには、我々の目的に協力していただかなければなりません」

「いきなり横暴だなあ！　まずは話し合いから始めようぜ。何を望んでいるのか知らないが、坊主らしくねえことをするじゃねえか」

「残念ながら、手段を選ぶ余裕がなくなりつつあります」

昨晩クラウディアに命じられたことは、ファラズを巻き込むこの方法だ。

『私の勘が当たっているなら、あのおじさまは……』

ファラズはくっと喉を鳴らして笑い、湾刀の先をノアに向ける。

「いいのか坊主。王宮でこんな真似《まね》をするなんざ、大罪だぜ？　あんたの愛しいお姫さんにも、とんでもない迷惑が――」

「……罪人として捕らえられるとすれば、俺ではなくあなたです」

ノアが告げたその言葉に、ファラズが眉を動かす。

「――この王宮にいるあなた以外の人間にとっては、俺こそが国王だ」

そう告げると、ファラズの顔から完全に表情が消えた。

「アシュバル陛下の姿に偽装する魔法道具のおかげで、外見は完全に騙《だま》せます。国王と変わらない政治の方針を発揮し、すでにこの王宮に潜り込んでいる俺がこのまま王に成り代わるのは、いとも容易《たやす》い」

「………………」

「第三者から見れば、俺を偽者だと糾弾するあなたの方が大罪人となる。……お分かりですか？」

その場でゆっくりと俯いたファラズが、にわかに肩を震わせ始めた。

「……」

ノアは念のため左足を半歩引き、最低限の戦闘態勢を取る。しかし、ファラズは片手で自らの口元を押さえつけると、面白くて仕方がないというように笑い始めたのだ。

「っ、ははは、はははははは!!　いいぞ、お前さんがそう言い出すのを待っていた!!」

（……やはりこの男。姫殿下の推測通り……）

クラウディアは昨夜、寝所でこう口にしたのだ。

『あのおじさまは。私たちがアシュバルの信頼を裏切るのを、待ち構えているのではないかしら？』

ファラズは嬉しそうに目を眇めると、油断ならない気配を帯びたままノアに告げる。

「坊主。ここはひとつ、俺の共犯にならないか？」

「………………」

＊＊＊

後宮に割り当てられた自らの宮で、十六歳の大人の姿をしたクラウディアは、にこにことテーブルについていた。

ファラズの対応をノアに任せた上で、引き続き後宮での情報収集を行う方針だ。しかし、クラウディアがこうして向かい合うのは、王の婚約者ナイラではない。

「皆さまどうか、たくさん召し上がってくださいな。わたくし今日のお茶会を、とっても楽しみにしていたのです」

クラウディアの言葉に、招待客たちは気まずそうな様子で顔を見合わせる。

なにしろテーブルについているのは、クラウディアに嫌がらせをしていた姫君たちばかりなのだ。

彼女たちはみんな、フルーツやケーキの乗ったお皿を前にして、お互いに居心地が悪そうだった。

(王に毎晩呼ばれている姫に招かれては、断ることが出来ないものね)

クラウディアは素知らぬ顔で微笑みつつも、くぴりとお茶を飲む。とはいえ自分の魔法で淹れたこのお茶も、ノアに淹れてもらったものには敵《かな》わない。

女の子のひとりは警戒しつつも、カップを引き寄せながらクラウディアに言った。

「あ、あなたね、正妃となることが決まっているナイラさまを差し置いてどういうつもりなの？連日陛下のもとになんて、わきまえなさいよ」

「あら。どうかご安心を」

お茶と同じく魔法で作り出したのは、お皿の上に並んでいるシフォンケーキたちだ。

せっかくなのでこの辺りの砂漠で採れるハーブやスパイスを練り込み、甘さの中に独特の深みがある味わいに仕上げている。

乗せたクリームにはレモンのシロップを混ぜ、上に金箔《きんぱく》をあしらってみたのだが、やっぱりノアのケーキには及ばないだろう。

「私は所詮、旅の踊り子。そう遠くないうちにお暇《いとま》をいただいて、後宮を去っても良いというお約束ですので」

「陛下の妃《きさき》にならないの!?」

「ええ。自由にお昼寝をしたり、旅をすることが難しくなりそうですもの」

にっこり笑って言い切れば、女性たちは異質なものを見る目でクラウディアを観察し始めた。

しかし、クラウディアが遠い異国から来た人間であることは、彼女たちと異なる価値観を持つことに真実味を与えたようだ。

「そ……それでも万が一お世継ぎが出来たら、あなたを後宮から出す訳にはいかなくなるわ。少なくとも御子《みこ》が生まれるまではね」

「そうよそうよ！　過去にアシュバル陛下のお母さまが居なくなった経緯もあって、王宮は妃の逃亡に目を光らせているって聞いているわ」

そんな風に言いながらも、彼女たちの手がお茶やフォークに伸び始める。クラウディアは首を傾げ、彼女たちが喋《しゃべ》りたくなる欲を刺激するために質問した。

「あら。この後宮に張られている結界は、陛下のお母さまがいらしたころとは別物なのでしょう？

いまはもはや、後宮から外に出るのはかなわないのでは」

「結界が別物？　新参者が何を言っているの。後宮に長くいた叔母《おば》さまから聞いた話では、結界の張り直しはたった一回しか行われていないと仰《おつしや》っていたわ」

「たったの一回？」

「ええ。後宮での日々は代わり映えしないから、そういう出来事はよく覚えているそうね」

無知な部外者に教えてあげるためという名目を得て、彼女は饒舌《じようぜつ》になっているようだ。他の女性たちも相槌《あいづち》を打ちつつ、お喋りに花を咲かせ始める。

（後宮の外、宮殿にいる男性たちは結界のことをほとんど知らなくとも、中に住んでいる女性たちはよく見ているのだわ。……後宮の結界を張ったのは、後宮の住人である女性……？）

クラウディアはふと、ひとつの可能性に気が付く。更なる情報を引き出すべく、彼女に向けて問いを重ねた。

「……長く後宮にいらっしゃったご親族をお持ちなんて、すごいのですね。もしかすると、アシュバル陛下のお母君と親しくしていらっしゃったのでは？」

国王の生母と仲の良い親族がいることは、後宮では自分を守るための武器になる。そんな事実があれば、彼女は絶対にそれを教えてくれるだろう。

けれども女性の反応は、想像と少し違っていた。

「私の叔母さまが陛下の母君と親しくなんて、するわけないじゃない！」

（……？）

どこか侮辱の響きを帯びた、嫌そうな返事だ。その嫌悪感は間違いなく、アシュバルの母親に対するものだろう。

「いくら陛下のお母さまといえども。先王陛下のもとから逃げ出して、アシュバル陛下とお父君を引き裂いたお方よ？」

「後宮でも嫌われ者だったって。先王陛下のお渡りも一回しかなかったのに、たったそれだけでお世継ぎを授かれたのが奇跡らしいわ」

「この結界がなかったら、陛下の御子だというのも信じてもらえなかったでしょうね。……もっともアシュバル陛下のお顔は、疑いようもないほど先王陛下によく似ていらっしゃるそうなのだけれど」

「えっ、そんなにそっくりなの？　そのことは私、初めて聞いたわ」

「叔母さまいわく、瓜二《うりふた》つの生き写しだそうよ。お若い頃の先王陛下にそっくりで……」

彼女たちの話を聞きながら、クラウディアは尋ねる。

「どうして陛下のお母さまは、そのように嫌われていたのですか？」

「あなた、話聞いてた？　お世継ぎを授かっておきながら後宮から逃げるなんて、あまりにも」

「そうではなく。いまのお話ぶりでは、後宮を出る前からあまりよく思われていなかったのでしょう？　先王陛下のお渡りが一度だけだったのならば、嫉妬を買ったことが理由でもないはず」

クラウディアの問い掛けに、女性たちはきょとんとする。

「……さあ、知らないわ。後宮から逃げ出すような人なんだから、嫌われて当たり前だと思っていたし」

「逃げたのだって、後宮に居辛《いづら》くなったからじゃないのかしら？」

「精々あなたも気を付けることね。ちょっと立て続けに陛下からのお声が掛かっているからって、調子に乗らないでよ？　ナイラさまを泣かせたら承知しないんだから」

クラウディアにそんなことを言ってくる女性たちだが、ナイラへの心配が本心であることはなんとなく窺《うかが》える。ひとりの女性が窓の外、この宮と対《つい》になる宮を眺めて呟いた。

「もうすぐ満月なのに、ナイラさまはお寂しそう……」

（ひとつ、予想がついたわね）

クラウディアは俯き、そっと考える。

（いまの後宮の結界を張ったのは、アシュバルのお母さまなのだわ）

＊＊＊

「アシュバル陛下のお母上であるサミーラさまは、近隣国の王女だった。その当時にはもう既に、滅んでいた国のな」

「…………」

ファラズに連れられてやってきた王宮の地下室は、壁際に様々な酒瓶や樽《たる》の並んだ部屋だった。

石壁に囲まれた頑丈な造りで、日中だというのに空気が冷たい。『体調が優れないため本日の公務を取り止《や》める』と通達した王の代理人が、密談のために閉じ籠っても、滅多なことでは他人に見付からない構造だ。

「先代陛下は『黄金の鷹』を手にいれ、わずか千夜で強国を作るに至ったがな。その過程には困難があり、それをよく思わない国や、羨む国もあって当然だ」

テーブルを挟んだ向かい側のファラズが、葡萄酒《ぶどうしゅ》の瓶の蓋を開けながら椅子に掛ける。ノアは納得しつつも、わざわざそれを口には出さない。

過酷な砂漠の中にありながら、この国は大量の黄金や、雇われた魔術師の生み出す水や植物が豊富に得られたのだ。

「近隣国から仕掛けられた戦争には、俺たちが勝った。敵国で生き残った王女サミーラさまを、先代陛下は正妃にしたんだよ」

「わざわざ、自分を恨んでいるであろう王女をですか？」

「巨万の富があるとはいえ、成り上がりの盗賊が王になったんだ。先代陛下は由緒正しい王族の血を引く跡継ぎが必要だと考え、サミーラさまの保護も兼ねて後宮に入れた」

血統主義はくだらないものにも感じるが、魔力の多寡《たか》は血筋によって決まる部分も多い。国防や政治のためだとすれば、ある意味では合理的なのだろう。

「サミーラさまは、それはもうこの国を憎んでいてな。親の仇《かたき》、故国を滅ぼした敵国なんだから当然だ」

「……」

「そしてその争いの原因となった黄金の鷹をも、忌み嫌っていらしたよ」

ファラズはそこまで言い、ふたつの器に酒を注ごうとする。

「酒でしたら、ファラズ殿だけでお楽しみください」

「なんだ、つい最近成人の十六歳になったって言ってなかったか？　弱いのか」

「知りません。飲んだことがないので」

「ここは先代陛下が臣下とこっそり酒を飲むために作った部屋だ。酔っても安心できる環境で飲んでみて、自分の強さを試しておくのも必要だぞ？」

「酔っても安心できる環境ではないので、ここでは飲まないことにします」

あくまではっきり断言すると、ファラズがまるで子供のように口を尖《とが》らせる。そんなことよりも続きを話せという意思を込めて睨むと、ファラズは自分の酒を注ぎながら話した。

「サミーラさまはただでさえ、この国に戦争を仕掛けてきた国の王女だ。輿入《こしい》れをよく思わない人間も多かった」

独特な赤色をした液体が、黄金の器に注がれてゆく。魔法で分析した訳ではないが、おそらくこの器は本物の金だろう。

「それでも気丈な嫁入り道中だったよ。王室の唯一の遺品だっていう、金色をしたトパーズの首飾りが光っていてな」

「……」

「この辺りの地域では、黄金は太陽を、太陽は王を示す。そして王妃を象徴するのが月だ」

それについては明白だった。王に向けられる賛辞や渡される衣服に、太陽を思わせる要素は多い。

「『正妃サミーラさまは、自分の夫になる王の象徴と同じ色を身につけることで、精一杯の献身を示したのだ』なあんて言う人間も居たんだがなあ。――輿入れの夜に、とある不運が起きた」

すべてその目で見てきたであろうファラズが、杯の酒を一気に干してから言う。

「月が欠ける現象――……月食が起きたのさ」

「……月食……」

月食というのは、満月が欠け消えては再び満ちてゆく、その移り変わりがたった数時間で起こる天体現象なのだそうだ。

ノアが生まれてから一度も起きていないため、この目で見たことはない。けれどもクラウディアから聞いたことも、書物で読んだこともあった。

「王が太陽で、妃が月。こんな伝承が根付く地域で、よりによって嫁いできた晩に月が欠けた。元来この辺りで月食は不吉とされていて、王の死を表すとしている国もあるくらいだ」

「では、由緒正しい血筋のために迎え入れたはずの、王妃という存在が……」

「そう、完全に負の要素として働くようになっちまった。サミーラさまは後宮でも虐げられ、国民からも恐れられ……先代陛下も手を打とうとしたが、そもそも陛下がサミーラさまに恨まれているときた」

表面的な話を聞いただけでも、正妃の暮らしが幸福でなかったことは想像がつく。

「憎い敵《かたき》の国に嫁がされ、月食が示した不吉の妃と呼ばれ。サミーラさまが後宮から逃げ出したと聞いたとき、俺は納得したよ」

「……陛下のご母堂が、この国や先王陛下を憎んでいた経緯については分かりました。本題はここからでしょう？」

ノアが静かに促せば、ファラズは二杯目の酒を注ぎながら口の端を上げる。

「――アシュバル陛下の真なる目的は、亡くなった母君のための復讐《ふくしゅう》じゃねえかと踏んでいる」

「………………」

ファラズの背信に、ノアは静かに目を眇めた。

「ファラズ殿は先王陛下に恩義がある、アシュバル陛下の忠臣だと捉えていましたが」

「先代陛下に恩があるのは本当で、だからこそだ。アシュバル陛下の行動がこの国の富や安寧を脅《おびや》かすものであるならば、俺は恩人の息子を殺してでもそれを止めねばならん」

（……この男。そこまで覚悟して……）

「そもそもだ、坊主。俺はずっと内心で、アシュバル陛下の発言に疑問を抱き続けていた」

器になみなみと注がれた酒に、ファラズは口を付けないままで言う。

「――『黄金の鷹は、本当に何者かによって盗まれたのか？』」


「………………」

第4章

ファラズの発言を慎重に危ぶみながら、ノアは静かに尋ねた。

「……ファラズ殿は疑っていらっしゃるのですか？　アシュバル陛下が『黄金の鷹《たか》が盗まれた』と仰《おっしゃ》って姿を消した、その真偽についてを」

このファラズという男は不真面目でいい加減だが、王室への忠義は本心であるように見えていた。しかしそれは、いまの王であるアシュバルに捧《ささ》げるものではなく、あくまで先王が優先ということだったらしい。

ファラズは、手にした器の中の酒をわざと揺らしながらこう話す。

「アシュバル陛下は餓鬼《がき》のころ、この王宮に盗みに入ったことがある」

恐らくはクラウディアから教わっていた件だ。アシュバルの婚約者であるナイラの言う、アシュバルが子供の頃に負傷して後宮に迷い込んだときのことだろう。

「あれは恐らく、黄金の鷹を盗みに来たんだ」

推測を口にしているだけにしては、ファラズの目には妙な確信が込められている。

「……なぜそのようなご判断を？」

「アシュバル陛下が、宝物庫に侵入する腕前は見事だった。しかし陛下は、これみよがしに豪勢に飾られていた囮《おとり》の宝石には目もくれず、厳重だが地味な『黄金の鷹』の扉に一直線に向かった形跡があってな」

『黄金の鷹』がなんであるかは、ファラズも知らないと言っていたはずだ。とはいえそれが保管されていたのは、王宮でも最も厳重な場所ということなのだろう。

「宝物庫で鍵開けを試みていたその子供の足を、俺が弓矢で射抜いた。……その当時はそんな餓鬼が、先代陛下の御子《みこ》だとは思いもよらなかった」

アシュバルはそういった経緯で負傷して、後宮に逃げ込んだのだ。

「その一件、成長なさったアシュバル陛下とお話になったことは？」

「もちろん話したし詫《わ》びたさ。アシュバル陛下は笑い飛ばして許してくださり、それから俺にも謝罪してくださった。あのころは生きていくために必死で、金銭のありそうな王宮に忍び込んでしまったとな」

しかし実態がファラズの言う通りであれば、確かにおかしい。

「他の宝石類には、本当に一切手を付けられていなかったのですか？」

「ああ、動かされた痕跡すら無かった。施錠された扉の奥にお宝があると期待することは自然だが、他のお宝に見向きもしない理由があるか？　……母親を亡くし、生きるために仕方なく盗みをしていた、飢えた子供がよ」

少なくともあらゆる想像を駆使しなければ、その説明は難しい。しかし、ひとつだけ容易に導き出される仮説がある。

「金目のものが目当てではなく、最初から『黄金の鷹』だけを狙っていた……？」

「そしていま、アシュバル陛下の物となった『黄金の鷹』は行方知れずだ。黄金の鷹がなければこの国の資金は枯渇し、水も食料も保てなくなる」

ファラズは酒瓶の棚を見遣《みや》り、遠く懐かしい景色を見詰めるかのように目をすがめる。

「……ここは、先代陛下の夢見た楽園だ。砂の中から摑《つか》み取った財宝で、俺たちのような人間が生きていける国」

「………………」

「滅びを見過ごす訳には、いかないもんでね」

ノアは小さく息をつき、ファラズの持っていた酒瓶を手に取る。

「一杯やる気になったかい？」

「あなたに酒を止《や》めてもらおうとしているだけです。こんな場所で酒に浸るよりも、更なる本題があるでしょう」

ノアはコルク栓をしっかり閉め、立ち上がって瓶を戻す。そしてファラズの方を振り返ると、彼に尋ねた。

「あのタイミングで俺に『共犯』を提案したということは、あなたに必要なのは王の権限だ。――王としての俺を利用して、確認したいものがあるのでしょう？」

「……本当に、優秀な従者を持ったお姫さまが羨ましいぜ」

ファラズは空になった器を手で弄《もてあそ》びながら、愉快そうに笑う。

「俺たちは良い協力者になれる、そうだろう？　俺は『王の代わり』であるお前が許可を出せば、アシュバル陛下から接近を禁じられたあの女神像に近付ける。お前も、俺に対してあのお姫さんに見せてやるためなんて名目を用意しなくたって、女神像を見に行くことが出来る」

「……俺があのお方と共に女神像の見物をしたいと申し出ると、あなたが『今宵《こよい》はアシュバル陛下が王宮に戻る可能性がある』と止めてきたのは……」

実のところ昨晩もその前の晩も、ファラズは同じ手でノアを足止めした。ノアは怪しみつつも、念のため女神像を見に行くことを止めておいたのだが、やはりあれは嘘《うそ》だったらしい。

「お姫さまとのデートを理由にされちゃ、俺が同行できないだろお？」

「……」

共犯などという言い方をしたが、結局はノアが一方的に妨害されていただけだ。

しかしファラズが女神像を見たがるということは、アシュバルが近付かないよう命じていた理由について、ファラズも知らないということである。

だからこそ、ファラズは女神像を確認したいのだろう。

「……アシュバル陛下が、このタイミングで王宮に戻られる可能性は無いのですね？」

「安心しろ、陛下とは俺も連絡がつかねえ。しばらく帰る気がねえってことなら、好機はいまだ」

ノアは溜《た》め息《いき》をつき、部屋の出口に歩き出す。

「おい、坊主」

「さっさと行きましょう。女神像を警備する魔術師たちのところに着く前に、立ち入りの言い訳を考えておいてください」

「ははっ。承知しましたよ、我が主《あるじ》」

ノアから見れば有り得ない軽口だ。ファラズの方を振り返らず、ノアは女神像のもとへ向かった。アシュバルの姿にしか見えていないノアが許可を出すことで、難なく扉が開け放たれる。ファラズが警備に怪しまれない理由を語ったので、おかしな噂《うわさ》がアシュバルの耳に届くこともないだろう。

女神像が設置されているのは、王宮でも最も高い場所にあり、遮るものがなにもない物見塔の頂《いただき》だ。

「おっと。ここから落ちたら命はねえな、こりゃ」

ファラズがそう言いながら、女神像の方に歩いてゆく。ノアも顔を上げ、真っ青な空を背にして立つ女神像を見据えた。

そして、息を呑《の》む。

「さて坊主。この女神像は陛下の母君であるサミーラさまが、廃墟《はいきょ》も同然となった故郷からお持ちになったものだ。後宮のご自身の宮に設置して、心の拠《よ》り所《どころ》にしていた」

「………」

「アシュバル陛下が後宮から女神像をここに移して、事あるごとにひとりで見に来ていたんだよな。母君の墓代わりではなんて言う奴《やつ》がほとんどだが、俺はなにか怪しいと踏んで――」

ファラズの語る言葉さえ、あまり耳には入らなかった。

精巧に造られた女神像の、クラウディアに並ぶほど美しいかんばせに、強烈な既視感があったからだ。

（……この女性は、誰だ？）

心臓が嫌な鼓動を刻む。

（まったく知らない顔だ。それなのに、知っているように感じる…………誰かに、似ている）

この女神像と同じくらい美しい女性の姿を、ノアはひとりしか知らない。

そんな存在であるクラウディアのことを思い浮かべれば、この像は確かにクラウディアに似ているように思えるのだ。

（……姫殿下の母君、か？）

ひとつの可能性に思い至り、眉根を寄せる。かつて歌姫と呼ばれたその女性は、クラウディアを産み落としてすぐに亡くなったはずだ。

（だとしても何故《なぜ》ここに。それも、『女神』として……）

その瞬間、ノアははっとした。

女神像の胸元には、トパーズの首飾りが輝いている。ノアは女神像に近付くと、ファラズよりも先に手を伸ばした。

「おい坊主、気を付けろよ。一体なんの仕掛けがあるか」

（この首飾り。確かに違和感があるが、呪いの気配は無い）

「！！」

黄金色の宝石に触れようとしたそのとき、激しい雷のような衝撃が走った。

「っ、坊主！！」

ファラズが慌てて手を伸ばし、ノアの肩を摑んで引き寄せる。咄嗟《とっさ》に結界を張ったものの、指先には強い痺《しび》れが残っていた。

「これは……」

このトパーズの首飾りには、強い結界が張られている。一流の魔術師によって施された、そんな結界だ。

『いいこと？　ノア。結界には主に、ふたつの役割があるの』

ノアは子供の頃、クラウディアにこう教わっていた。

『ひとつは外の敵を拒み、中にあるものを守ること。そしてもうひとつは、中のものを外から隠したり、出られないように閉じ込めること』

海の底にある学院が、結界の外殻によって海水を阻んでいるように。後宮に誰も侵入できない代わりに、誰ひとりとして逃げ出せないように。

結界は蓋をして、覆い隠すための機能も持っている。

だからこそ、気が付くことが出来なかったのだ。

「くそ……」

ノアは舌打ちしたいのを堪《こら》え、ぐっとその手を握り込んだ。

「――ファラズ殿、下がってください。決してこの女神像に触れないように」

「坊主？」

ノアはファラズの腕を摑むと、いま来た道をそのまま引き返した。

「おい坊主、いきなり何を……」

「このまま引き続き、誰ひとり近付いてはならないとの厳命を続けるべきです。その人間だけでなく、この国に住まう全員の命に関わる問題となる」

「坊主！　どういう意味だ、説明しろ！」

「あなたをここから退避させるのが先です。事態は一刻を争いますので」

転移を使えればいいのだが、それでは警備の魔術師に怪しまれる。ノアはもどかしい思いでファラズを引き摺《ず》りつつ、一瞬だけ振り返って女神像を睨《にら》んだ。

（……あれは、呪いの魔法道具だ）

結界によって封じ込められ、何食わぬ顔をして黄金に輝く。

そんなトパーズの首飾りが、美しい女神の胸元で揺れているのだった。

＊＊＊

小さな六歳の女の子姿になったクラウディアは、大きな蛇の頭を撫《な》でながら、ヤシの実のジュースをちゅうちゅうと飲んでいた。

アシュバルの婚約者であるナイラの庭には、幼い少女『アーデルハイト』としての姿で訪れるようにしている。小さな素足を浸した水は、やはり独特の魔力を帯びているのだ。

（やっぱり私の宮の水場と同じね。この水は、大地に流れる清浄な魔力の脈に沿っている）

たとえ辺り一帯が『黄金化』の呪いに汚染されても、この水の傍《そば》にいれば、少しの間は無事でいられるだろう。

（あくまでその程度。呪いの力に抗《あらが》うほどではないけれど）

クラウディアにお菓子を出してくれたナイラは、日課の弓の鍛錬中だ。庭の隅にある的に向けて、黙々と矢を放っている。

その手に握られた鳥の形の弓は、今日も美しい黄金に輝いていた。

（女の子たちから聞いた『過去一回の結界の張り直し』は、時期としてアシュバルが生まれる前のこと。ここ近年で行われていないのであれば、幼いアシュバルが怪我《けが》をして後宮に迷い込めたはずがない）

この結界は、『王を含めたすべての人間と魔物を通さない』という構造になっている。

（狐《きつね》の姿になっていれば……という訳でもなさそうだったわ。私も猫ちゃんに変身してみたけれど、結界に弾《はじ》かれてちょっぴり焦げちゃったもの）

くちびるを尖《とが》らせつつ、ミルクティー色の髪の毛先を摘《つま》んだ。

本当は自分で対処できるのだが、ノアに会った時に手入れをしてもらいたいので、そのままにしているのである。

（アシュバルのお母さまが、後宮から逃げ出せたことも。王から頻繁に寝所へと呼ばれていれば、隙をついて魔法で逃げられたかもしれないけれど……お渡りは一度だけ。二度目があれば後宮内で噂になっていないはずもない）

姫が王に呼び出されるのはとても目立つと、クラウディアは実体験で理解している。

王が後宮にやってくるのも同様で、国の世継ぎ問題に関わる以上、『秘密裏に』ということは有り得ない。

（ひとつだけ、考えられるとしたら）

植物の茎を利用したストローを咥《くわ》えつつ、クラウディアは結論付ける。

（現在の結界を張った人物こそが、アシュバルのお母さまだという可能性だわ）

張本人なのであれば、結界を一時的に消すことも、自分が出てからすぐに張り直すことも難しくない。

たとえば後宮中が寝静まった夜の間に結界を消し、抜け出して元通りに戻すまで、それほど時間は要さないはずだ。

（アシュバルのお母さまが、結界魔法に秀でた人物であればという前提だけれど。出自が何処《どこ》かの国の王女だったりしないかしら？）

それに、まだ懸念はある。

（たとえそうであったにしても、子供のアシュバルが結界を通れた理由にはならないわ。母親から結界の消し方や、張り直し方を教わっていた？　――いいえ。違うわね）

魔力に親からの遺伝はあっても、決して親と同一にはならないはずだ。

（アシュバルはそれ以降かつ王になるまでの間も、頻繁に後宮に出入りしているようだったし。母親が逃げ出したときのように、秘密裏に侵入できる可能性は低い……）

ううんと首を捻《ひね》りつつ、空を見上げる。硝子《ガラス》の膜のような結界は、何処までも透明ではあるのだが、確かにそこに存在しているのが目視できた。

（この結界の構成を、私すら解析しきれていない……ということかしら）

そんなことは、前世を含めてもあまり経験がない。クラウディアにとって、これは興味深いものだった。

（結界の主は、素晴らしい術師だったのね。この術師が何かを封じるために全力で結界を張ったのなら、私でもなかなか見抜けないわ）

ぷあっとストローから口を離し、ナイラの方を見遣る。彼女は先ほどから鍛錬の手を止めて、ぼんやりと空を眺めているのだ。

「ナイラおねえさん、どうしたの？」

「！」

クラウディアが声を掛けると、ナイラははっとして目を見開く。そして何かを誤魔化すように、顎に伝う汗を手の甲で拭った。

「なんでも、ないんだ。ただ、今夜は満月だったなと」

「おつきさま？」

「……あー、その……」

首を傾《かし》げれば、ナイラはますます気まずそうな顔になる。『月』という言葉が彼女にとって、何か大きな意味を持っているようだ。

「あいつが」

ナイラがそんな風に称するのは、名前を出さなくともアシュバルのことである。

「ここ一年ほど、満月の夜にばかり会いに来るから。……もしかしたら今日もと、そう思って」

（満月……）

その言葉にも引っ掛かる。しかしクラウディアが最も気になったのは、ナイラの表情だった。

（有り得ないわね）

ナイラのくちびるはきゅっと結ばれ、震えている。その体も何処か強張《こわば》っていて、緊張した様子が見て取れた。

黄金の弓を握り締める手には、祈りを捧げるかのような切実さが込められている。

（これが、今夜愛《いと》しい婚約者に会えるかもしれないと想像する女の子の顔かしら）

クラウディアはそれに気付かないふりをして、無邪気に尋ねた。

「えへへ。おねえさん、早く王さまに会いたい？」

「………………」

ナイラは微笑《ほほえ》みを作ろうとして、それがやっぱりぎこちなく引き攣《つ》る。

「あいつが、私に会いたがっていないと思う」

「……おねえさん？」

ナイラの体は震えていた。

（……まるで、アシュバルのことを怖がっているかのよう……）

クラウディアの中に、ひとつの想像と胸騒ぎが生まれた。

「……わたし、今日はかえるね！　おねえさん、またあそぼ！」

「アーデルハイト？」

「ごちそうさまあ！」

出してもらったお菓子やヤシの実をひとつに纏《まと》め、侍女が片付けやすいように置いておく。ぱっと駆け出したクラウディアは、瞬時に考えを巡らせた。

（この予想が的中したら、最悪ね。……だけど、そうだとすれば時間がない）

ナイラの宮を出て死角に飛び込み、誰にも見られていない場所で大人の姿に変身する。

（『満月の夜、アシュバルが後宮にやってくる』のであれば。……今夜もそれに当て嵌《は》まるのなら、陽《ひ》が沈むまでに動かなくちゃ）

たとえ百五十七センチまで伸びた身長でも、ここから王宮にいるノアの姿を見付けられるはずはない。けれどノアと合流しなくては、ここから取れる行動が制限される。

（いつもの『夜伽《よとぎ》』の名目は、夜を待たなければ使えないわ。それでは間に合わないし、私からの手紙が早急に取り次がれるかも分からないわね）

姫が王のお渡りを請うのは、後宮において日常茶飯事だろう。クラウディアが緊急だと頼んでも、遣いの判断で後回しにされる可能性はある。

（この手は避けたかったけれど。結界を破壊して、突破するしか……）

そのときだった。

「きゃああっ、大変よ！」

「！」

後宮内で最も大きな通りから、女性たちの悲鳴に近い声がする。緊急事態に思えたものの、実際はそうではなかった。

「陛下が！　国王陛下が後宮にいらっしゃったわ！」

（まさか……）

後宮内の入り組んだ路地から踏み出したクラウディアは、後宮の正門に繋《つな》がる石畳の道に出る。

そして真《ま》っ直《す》ぐに見据えた先で、黒曜石の色をした双眸《そうぼう》を捉えた。
（ノア）
詰襟《つめえり》に刺《し》繍《しゅう》を施された王の衣服に身を包み、鮮やかなマントを翻した美しいノアが、クラウディアを見つける。

クラウディアが駆け出すと、ノアは迷わずに手を伸ばした。彼の腕の中に飛び込んだクラウディアを、強い力で抱き締める。

「――ディア」

そうしてクラウディアの名前を呼んだとき、周囲の女性たちが歓声のような悲鳴を上げた。

ノアはクラウディアにだけ聞こえるように、耳元で柔らかな声を紡ぐ。

「……無礼をお許しください、姫殿下。一刻を争う、ご報告が」

（ふふ）

少し低くて掠《かす》れた声は、あの小さかった少年のものとは思えなかった。クラウディアは笑い、ノアの背にぎゅうっと腕を回す。

「……王宮の寝所に連れて行ってくださいませ。『陛下』」

そうねだると、ノアは演技ではなさそうな溜め息をついたあとに、クラウディアを横抱きに抱え上げたのだった。

＊＊＊

「――さあ。どういうことなの？　ノア」

「っ、姫殿下……」

ノアに抱えられ、王宮内のさまざまな視線を浴びながら寝所に辿《たど》り着いたクラウディアは、ノアを壁際に追い詰めて笑みを浮かべた。

壁とクラウディアの間に挟まれたノアは、眉根を寄せて困った顔をしている。けれどもクラウディアは構うことなく、ぐいぐいと距離を詰めた。

「お前から呪いの気配がするわ。一体何が起きているのかしら？」

「すべてお話しいたします。ですのでどうか、ご容赦を」

「……ここね」

ノアの手を捕まえて、指同士をするりと繋ぐ。呪いが侵食したような事態ではなさそうだが、ノアが触れてしまったのは間違いないようだ。

痛みも怪我も無いはずだが、可愛《かわい》い従僕が忌まわしき呪いに接触したのはいただけない。

「呪いの魔法道具が王宮内に。結界で厳重に秘匿されており、触れるまで気付くことが出来ませんでした」

「聞かせてちょうだい。私もノアに伝えたいことや、お願いしたいことがあるのだけれど……」

寝所の扉を一瞥《いちべつ》すると、ノアが溜め息をつく。そして魔法で扉を開けたので、そこに立っていた人物が「おっと」と声を上げた。

「どうぞ入っていらして。おじさま」

「……気配遮断の魔法を使っても、お見通しって訳か」

中に入ってきた人物は、アシュバルの臣下であるファラズだった。クラウディアがノアを壁に押し付け、迫っている様子を見て、彼はひょいと肩を竦《すく》める。

「失礼。お邪魔でしたか？」

「ファラズ殿。早く扉を閉めていただけますか」

ノアがここまで露骨に嫌そうな顔をするのは、随分と久し振りのことだ。くすっと笑ったクラウディアは、ノアの鼻先にちょんと指で触れて窘《たしな》める。

「期待した通り、おじさまがこの子の味方になってくださったようで嬉《うれ》しいです。それでは早速、作戦会議といたしましょう」

寝所の中に魔法でテーブルと椅子を作り出し、クラウディアとファラズは席につく。ノアはクラウディアを守れる位置に立ったまま、互いの状況を話し合った。

「アシュバルの母君であるサミーラさまが大切にしていた女神像。その首には結界によって隠された呪いの魔法道具、ね」

クラウディアがノアから聞いたことを反芻《はんすう》すれば、ノアも同じく情報の整理に努めてくれる。

「姫殿下のご推察通り、後宮の結界を張ったのがサミーラさまであるとすれば。その結界魔法の技術は確かなものですし、呪いを隠蔽するだけの結界を張れる可能性は十分かと……ファラズ殿」

「サミーラ殿は、由緒正しい血筋の王女だ。優秀な魔術師だったとも聞く」

クラウディアに呪いを察知させないほどの結界は、非常に強固だ。この能力は、かつてクラウディアたちが出会ったことのある国の王太子スチュアートにも匹敵するだろう。

クラウディアはううんと首を傾げ、考える。

「サミーラさまが、呪いの痕跡を隠すための結界を張る理由があるとしたら……」

「待ってくれおふたりさん。あんた方が呪いの魔法道具と話しているのは、つまりは『黄金の鷹』のことか？」

ファラズが苦い顔をして、顎の髭《ひげ》をざらりと撫でる。

「あの女神像の首飾りが『黄金の鷹』？　だとしたら何故、サミーラさまが結界でそれを隠す」

（……いま私が浮かべている想像は、安易に口にするべきものではないわね）

クラウディアはファラズの疑問には答えず、続いての事柄を問い掛けた。

「おじさま。アシュバルは後宮に、どのくらいの頻度で足を運んでいたかしら」

「後宮？　それが生憎《あいにく》、アシュバル陛下はあまり後宮にご興味を示されず」

「……頻繁に、婚約者のもとを訪ねていたという訳ではないの？」

「一度だけですよ。正妃のもとに渡らないのは父君に似てしまったかと、大臣たちは口さがない噂を立てております」

これはまた、後宮の中と随分認識が違うものだ。

『ここ一年ほど、満月の夜にばかり会いに来るから。……もしかしたら今日もと、そう思って』

ナイラの言葉に疑う余地はない。後宮の女性たちはみんな、アシュバルとナイラが仲睦《むつ》まじいことを前提に話していた。

アシュバルが一度しかナイラに会いに来ていないのであれば、周囲はその寵愛《ちようあい》を疑い、後宮にナイラの味方はいなかっただろう。

（後宮の外側では、誰もそれを知らない。アシュバルがナイラに会いに来るときに、後宮の正門は開いていないのだわ）

クラウディアが何故そんなことを確認したがっているのか、ファラズにはいまひとつ分からないようだ。クラウディアはノアを見上げ、こう命じた。

「ノア。念のためお前も後宮の結界を分析して、私の判断と相違ないかを確かめてくれる？」

「恐れ多いことではありますが、承知いたしました。――姫殿下、先ほどお話しした月食の件ですが」

「ええ。太陽と月が何かしら作用しているのは、恐らく間違いがないわね」

ファラズが怪訝《けげん》そうにしたのは、まだあの夜の話題が出ていないからだ。クラウディアとノアが同時に目にしていた出来事のため、この場での確認が最後に回ってしまった。

「あのね、おじさま。ノアが火竜と戦ったときは、月の出ていた晩だったの」

窓の外を見たノアの瞳が、月明かりに照らされて透き通っていたことを思い出す。けれども黒曜石の色をした双眸の輝きは、その直前までは見えていなかった。

月が、雲に隠されていたからだ。

「黄金化の光が迸《ほとばし》ったのは、月が雲に隠れているときよ。それからすぐに雲が晴れて、火竜は月明かりに照らされた」

「変化が生じたのは、俺が火竜を倒したあとです。あのときも再び月が翳《かげ》り、雲に遮られました」

そして砂漠には、再び呪いの光が走ったのである。

「月明かりの下で、『黄金化』の呪いは侵食しなかったわ。逆に月光が届かなくなったあと、火竜は純金に変貌してしまったの」

「……なる、ほどねえ……」

そしてファラズには、まだ告げていないことがある。

「時間はそれほど残されていない。黄金化の呪いが及ぶ範囲は、日々確実に広がっているわ」

「広がっている、だって？」

クラウディアは頷《うなず》き、それが現在強く懸念していることのひとつであることを説明する。

「このままでは黄金化の呪いが、この世界にいるすべての生き物を襲うわ。事態はこの国だけの問題ではなく、世界存亡の危機にまで及んでいるのよ」

「……っ!?」

呆然《ぼうぜん》とした様子のファラズに、クラウディアは少しだけ同情した。しかし、時間とは常に進んでゆくものだ。

「……ふたりと話せたお陰で、当たって欲しくない予想が確信に近付いたわ。残念だけれど、考えなくてはならないわね」

「姫殿下」

クラウディアはテーブルに頬杖《ほおづえ》をつくと、物憂い気持ちで目を伏せる。

「この国の本物の王さま。――アシュバルを捕らえるための、作戦を」

＊＊＊

砂漠の果てに陽が沈み始めると、辺り一帯は赤く染まる。

幼い頃から後宮に住まうナイラは、高い場所からその夕焼けを見るのが好きだった。

空も砂原も写鏡《うつしかがみ》のように同じ色へと染まる。燃えるようなその赤は、アシュバルの瞳と同じ色だ。

けれどもいまは、この夕焼けが恐ろしい。

正しくは夕焼けの後にくる月夜が、震えるほどに怖かった。

『ナイラ。……ナイラか、可愛い名前だな！』

子供の頃に出会ったアシュバルは、ナイラを見て嬉しそうにそう笑った。

足からは大量の血を流し、痩せこけて渇き切った状態で迷い込んできた癖に、痛みも飢えもまったく感じさせない振る舞いだ。

それでも小さなアシュバルは、同じくらい小さかったナイラの手をぎゅっと握って、少しだけ泣きそうな笑顔でこう言った。

『ありがとう。お前が居てくれなかったら、俺はきっといま生きてはいなかった』

『……！』

それからナイラの一番の友人は、時々何処かから後宮に忍び込んでくるアシュバルとなったのである。

『この後宮は、結界で守られているそうだぞ？　アシュバル、お前は一体何処から入ってくるんだ』

『そんなことよりナイラ、この蛇！　こいつ砂漠で餌が獲《と》れなくて、いつかの俺みたいに干からびそうなんだよ。匿《かくま》える場所を一緒に考えてくれないか』

『まったく……こっちにおいで。こっそり私が後宮で飼おう、内緒だぞ』

互いに秘密を共有し、内緒で遊ぶ友人だ。ナイラが食べ物を分けてあげる代わりに、アシュバルは外の世界の話や、後宮には無いお土産《みやげ》をたくさん持ってきてくれた。

『アシュバルは自由で羨ましいな。私もいつか、砂漠を駆け回ってみたい……』

『駄目だ。お前は弱いからすぐに死ぬ』

『わ、分かっているさ！　魔法の練習をする。外の魔物とも戦えるように！』

『魔物もそうだけど、体力をつけないと話にならないぞ？』

出会ったときよりも少し成長したアシュバルは、背が伸びて筋肉もついた。それが外の生活の過酷さに説得力を与えていて、ナイラは項垂《うなだ》れたのだ。

そんなナイラを微笑ましそうに見ていたアシュバルが、ふと思い付いたように言った。

『……そうだ。次に来るときに、俺がいいものを持ってくる』

『いいもの？』

『それを使って鍛錬すればいい。矢を射るのは意外と力も使うし体力も要るから、鍛えられるんじゃないか』

『待て、何の話をしているんだ。矢を射るって、一体……』

するとアシュバルは、悪戯《いたずら》を企《たくら》むときのような笑みを浮かべるのだ。

『俺の分身だと思って大事にしてくれよ。ナイラにやるから』

『っ、だから。それは一体なんだと言って……!!』

答えはすぐに分かった。アシュバルが後日持ってきたのは、金色の美しい弓だったのだ。

翼を広げた鳥のような形をして、大きなルビーが嵌め込まれている。太陽のように眩《まぶ》しい弓は、ナイラにとって本当にアシュバルの分身のようだった。

（……あの頃は、楽しかったな。アシュバルが王だということもまだ知らなくて、それでも一緒に遊んで）

大人になったいま、ナイラはアシュバルにもらった金色の弓を握り締め、途方に暮れている。

燃えるような夕焼けを眺めながら、もうすぐ昇ってくるはずの満月を恐れていた。

（あいつの顔を見るのが、こんなに怖いなんて）

体が震えてしまうのを抑え、ぎゅっとくちびるを結ぶ。

（なるべく考えないようにしていた。だけど、アシュバルではない偽者の王がここにいることも、やっぱりあの件が……）

不安を掻《か》き消す方法は、真実を知ることだ。

ナイラは縋《すが》るような気持ちで、この場所の対となる宮を見上げた。

（偽者のアシュバルが後宮に連れてきた、アーデルハイトの姉君。ディアさま……）

ナイラはまだ一度も会ったことがない。アーデルハイトが良き友人となってくれている件で、互いに挨拶の品を贈り合ってはいるものの、なかなか対面する機会に恵まれていなかった。

（ディアさまが私を避けているように感じられて、こちらも顔を合わせないようにしてしまった。だが、一度彼女にお会いするべきではないか？）

俯《うつむ》いてそう決意し、支度をするために宮内へ戻ろうとする。

けれどもそのとき、ナイラは驚いて顔を上げた。

「こんばんは。ナイラさま」

「……あなたは……」

少し離れた場所、庭のヤシの木々の間に立っている女性に目を奪われる。

さらさらとしたミルクティー色の髪に、朝露を溶かした蜂蜜のような色合いの瞳。その双眸は蠱《こ》惑的《わくてき》な雰囲気を帯び、上向きにカールを描いた睫毛《まつげ》に縁取られていた。

透き通るほどに滑らかな肌が、夕焼けの光を浴びて輝くばかりだ。

豊かで柔らかな胸のラインや、その反面すんなりとした腰回りが、芸術的なシルエットを描き出している。

そして鮮やかな色のくちびるには、見る者の視線を惹《ひ》きつける微笑みを宿していた。

(この女性、間違いない……)

あちらから名乗られなくたって、はっきりと分かる。

「あなたが、ディアさまか？」

「ふふ。いつも『アーデルハイト』にやさしくしてくださって、嬉しいわ」

同じ女性であるナイラから見ても、目が眩《くら》むほどに美しい女性だ。おまけにひとつひとつの仕草が優雅で、舞でも見ているかのようだった。

「勝手に庭に入ってごめんなさい。ナイラさまとは女同士、是非ともお喋《しゃべ》りをしてみたくって」

「あ、ああ……！　もちろんだ、私もそう思っていた」

急な訪問とその美貌に驚いたものの、ナイラにとって願ってもないことだ。けれどもディアがこちらに一歩踏み出すと、何故か反射で体が強張る。

「やっぱりあなた、怖いのね」

「これは、その、違うんだ。決してディアさまを恐れている訳ではなく」

「分かっているわ。ふふ、当てるわね」

片目をぱちんと瞑《つむ》ってウインクする表情に、何故だかどぎまぎしてしまった。ディアは爪紅《つまべに》の塗られた人差し指で、ナイラの胸元にとんっと触れる。

「あなたが怖いのは、アシュバルが――……」

その声で紡がれた言葉に、ナイラは目を見開く。

「どうして、そのことを」

自分の顔色が真っ青になっているのが、鏡を見なくてもよく分かった。震える体でディアを見るナイラの手を、彼女がやさしく両手で包む。

「あなたの怖いものを無くしてあげる。だから、一緒にいらっしゃい？」

「……っ」

そう囁《ささや》く言葉が、魔法のように魅惑的だった。

ナイラは思わず俯いて、それから大きく頷いてしまう。ディアに手を引かれ、迷子になった小さな子供のように、抵抗すら出来ずに歩いてゆくのだった。

＊＊＊

このところ、月が出てくる時刻になると、アシュバルの頭の中には母の声が響く。

『アシュバル、お前には力があるの。この黄金の国を絶望に陥れる、そんな力が』

これはまだ幼かった頃の記憶だ。都の外れにある雑然とした路地裏で、母は幼いアシュバルの肩を強く摑むと、決まってこんな風に繰り返した。

『あなたの使える特別な魔法があれば、必ずや成し遂げられる。あなたはそのために私が生んだの、いいこと？』

アシュバルとは違う色の双眸が、父と同じらしいアシュバルの瞳を見据えて言う。

『──呪いの道具たる「黄金の鷹」を、破壊しなさい』

黄金の鷹という名称は、物心ついたときから聞かされていた言葉だ。

『黄金の鷹を壊しなさい、何がなんでも成し遂げるの！　私の父を、兄や弟を、大切な故国を狂わせたあの呪いを……!!』

あなたはそのために生んだのだと、母は何度でも繰り返した。

そして事実アシュバルは、母からそのためのさまざまな教えを受けてきたのだ。魔法や戦い方、それから応急処置などの他に、何故か政治の勉強のようなこともさせられた。

『何かあればあの後宮に逃げなさい。後宮の女たちを脅すのもいいわ、殺して盾にすれば時間稼ぎにはなるでしょう。あなたであれば私の結界をも通り抜けて、後宮に侵入することが出来る』

母は血走った目で恐ろしいことを口にすることもあれば、冷静な素振りで淡々とこんな風に言うこともあった。

『あなたの父親に手紙を書いたの。息子が生まれていることを仄《ほの》めかしたから、あの男が死ねば迎えが来るでしょうね……そうなれば、好機だわ』

迎えとはなんのことなのか、当時はもちろん分からない。

そのうち流行《はや》り病《やまい》で母が死に、盗賊に交ざるようになって、盗みや逃げ方も身についた。だからアシュバルは母の言い付け通り、王宮に向かったのだ。

『黄金の鷹を、壊しなさい』

それを果たすために生んだのだと、母に告げられた意味を理解していた。

とはいえ結局それは失敗し、黄金の鷹に近付くことすら出来ないまま、言われていた通り後宮に逃げ込んだ。

しかしアシュバルは数年後、思わぬ形で黄金の鷹を手中に収めることになる。

国王だった父が死んだあと、世継ぎの王子が捜索されたのだ。母の手紙はそのためであり、大臣たちが探していたのはアシュバルだった。

(あのときは本当に、驚いたな)

狐の姿で後宮に入り、ナイラの住まう宮の屋根を歩きながら、アシュバルは自嘲した。

(黄金の鷹を破壊するためだけに生まれた俺が、次期国王として王宮に上がるとは。……何もかも、おふくろの策の通りだ)

王となったアシュバルは、真っ先に『黄金の鷹』と呼ばれているその代物《しろもの》を手にした。

母が憎んだもの。この辺りの国々が争う原因を作り、たくさんの血を流させた『呪い』の元凶だ。

けれども臣下となったファラズは、「あなたの父君が黄金の鷹を手にしたからこそ、死なずに済んだ人間が大勢いる」と教えてくれた。

（さて）

事前に魔法を掛けておいたから、ナイラや侍女たちはぐっすり眠り込んでいるだろう。狐の姿で庭に降り立つと、人間と違って足音ひとつ立てずに済む。

（――一刻も早く、殺さないとな）

見上げた先の空には、満月が輝いていた。

ナイラにだけは見付かる訳にいかない。慎重に歩を進め、ここを通らなくては辿り着けない納屋へと向かう。

アシュバルの探し物を仕舞う場所がここであることは、ナイラと過ごしてきた年月のお陰で知っていた。

（見付けた）

弦《つる》を外して立て掛けられているのは、黄金の弓だ。

傍らには同じ黄金の矢が仕舞われている。ナイラにこの弓を渡したとき、この黄金の矢も揃《そろ》いで贈ったのだが、矢は失《な》くすのが怖いから大切に取っておくと返されたものだ。

（……いまさら、こんなにはっきりと思い出してどうする）

弓と矢の双方を咥え、狐の四肢で駆け出した。

後宮の結界をいつも通りに抜け、見張りの魔術師たちの目を掻い潜《くぐ》り、先を急ぐ。

向かったのは、王の権限によって立ち入りを禁じている物見塔だ。

後宮からその場所に移設した女神像は、母が遺《のこ》したものだった。ふるりと狐の身を震わせると、砂避《よ》けのローブを身に纏った人の身に変わる。

そして、かつて自らが造り出した金色の弓と矢を手に取った。

「さて、と」

母に教え込まれたこともあり、弓の扱いには自信がある。それが良いことであるかどうかは、ともかくとしてだ。

人の形をした手で弓を持ち、矢をつがえる。そうやって準備を進めながら、巻き込んでしまった人物に心から詫びた。

「……悪いな、ノア。俺の代わりなんかさせちまって」

遠くから様子を見守っていたが、王宮に混乱した様子はない。アシュバルの見立て通り、ノアは王の代理を問題なく務めてくれている。あとはファラズの補佐があれば、滞《とどこお》りなく進むだろう。

（これで、ようやく殺せる）

そう思うと、へらっとした軽薄な笑みが口元に浮かんだ。

弓を構えて矢を引き、弦を絞る。片手で握る弓の重さに、女の子に贈るものではなかったと気が付いて苦笑しながら。

真上に見えるのは満月だ。

その月を目掛け、アシュバルは黄金の矢を放った。

（さあ、射抜け）

矢は真っ直ぐに空に上がるが、とはいえ月に届くはずもない。一定の高さまで昇ったあとに、重

たい矢尻を下にする形で上下が反転した。

（降りてこい）

重量のある黄金の矢が、ぐんぐんと速度を上げながら落ちてくる。自らの真上に迫り来る矢尻を見て、アシュバルは確信した。

（――この矢でなら、『俺』を殺せる）

安堵《あんど》の笑みを浮かべた、そのときだ。

「……っ、馬鹿……!!」

「!?」

聞いたことのある声がして、ひとりの女の子が飛び出してくる。

夜明け前の夜空のような青い髪を持つその少女は、宮で眠っているはずのナイラだった。

「お前、どうしてここに……っく！」

まるで体当たりでもするかのように、ナイラがアシュバルに抱き付いた。その衝撃で地面に倒れるが、こんな華奢《きゃしゃ》な女の子が、大の男であるアシュバルを突き飛ばせるはずもない。

「私はずっと怖かった！　次の満月が来たら、お前が消えてしまうような気がして……!!」

（まずい）

黄金の矢は、アシュバルに覆い被《かぶ》さったナイラの背を目掛けて落ちてくる。

「退《ど》け、ナイラ!!」

「嫌だ!!」

ナイラを抱き込んで反転すれば、身を挺《てい》して彼女を守れるはずだった。それなのにナイラの抵抗が凄《すさ》まじく、思うように動けない。

「アシュバル、やはりお前は死ぬ気だったな!? この馬鹿、何故こんなことを……!!」

「馬鹿は、どっちだ……!!」

無理やりにでもナイラを引き剝がそうとした、そのときだった。

「!!」

きんっと高い音がして、黄金の矢が弾かれる。

顔を上げた先にいたのは、王としての装束に身を包んだ青年だ。

アシュバルを見下ろしたノアが、黙ってその腰に剣を納めた。ノアの剣によって飛ばされた矢が、女神像の近くの壁に突き刺さる。

「ノア……」

「久し振りね、アシュバル。やっと会えたわ」

「クラウディア」

ノアの後ろから現れたのは、目を見張るほどに美しい女性だ。そして彼女が視線で示した先には、父の古い友人である臣下が立っている。

「はは。……ファラズまで」

アシュバルは目を瞑り、観念して深く息を吐いた。

「ついに見抜かれたか。俺の、本性が」

こうなってはもう、仕方がない。

「アシュバル……！　お前、一体何を考えて」

「ごめんな、ナイラ」

「……っ！」

冷静に頭が回るようになったアシュバルは、ナイラの額に口付けた。彼女の力が抜けた一瞬の隙に、彼女の下から容易に抜け出す。

「悪いが話している時間が無い。転移を封じる結界まで張られて、俺の逃げ場がなさそうだ」

クラウディアが現れた瞬間から、辺りが妙な緊張感で張り詰めている。それなのにクラウディアは、なんでもないことのように微笑んで言うのだ。

「アシュバルだけを逃がさない、専用の結界よ。結界に拒まれる体験、あなたには新鮮なのではないかしら？」

「ははっ。まったくだ」

軽口を叩《たた》きながら同意して、魔力の剣と弓矢を出現させる。ナイラを巻き込まないように戦うには、魔法を使っては難しそうだった。

「結界の主であるあんたを倒せば出られるか？　クラウディア」

「やめろ、アシュバル!!」

泣きそうな顔で止めるナイラを、ファラズが無言で引き離してくれた。クラウディアはくすっと笑い、小首を傾げる。

「そう言ってもらえるとノアが強くなるわ。だからノアに任せずに、私が結界を張ったの」

「……はは」

クラウディアの言葉通り、ノアから放たれる殺気が色濃いものになる。

砂漠の夜は凍えるほどにも寒くなるものだが、肌がぴりつくのは低音の所為《せい》ではない。

「悪い。退いてくれ、ノア」

対峙《たいじ》するノアの手には、真っ直ぐな刀身の剣が握られている。

「ご冗談を」

短く言い切ったノアが、跳躍して一気に間合いを詰めてきた。アシュバルは半歩後ろに下がり、ノアの剣を受け止める。

「アシュバル!!」

辺りに高らかな剣の音が響き、ナイラが辛《つら》そうに顔を顰《しか》めたのが分かった。

「どうして分かったんだ？　俺の目的」

問い掛けてもノアは答えない。代わりに口を開くのは、クラウディアだ。

「あなたのお母さまのこと。輿入《こしい》れ時の月食と、お母さまが所有者らしき呪いの魔法道具。火竜と月光、幼いあなたが王宮に忍び込んでから後宮に逃げ込むまでの思い出話と黄金の弓――総合的に判断して、アシュバルの目的は黄金の鷹を探すことではないと感じたの」

「っ、はは！」

クラウディアたちは見抜いたのだ。それがはったりや嘘でないことは、いまの話を聞くだけでよく分かる。

アシュバルはそのままノアの剣を弾き、三度の突きを繰り出した。

眼前、喉元、そして鳩尾《みぞおち》。すべての狙いは完璧だったはずなのに、ノアはそれを躱《かわ》しきる。

その上でアシュバルの剣を弾き、すかさず脇腹に叩き込んできたノアの一撃を、アシュバルも瞬時に避けた。

「よく調べたな。ナイラもファラズも、口が軽い方じゃあないはずなんだが」

責めたつもりはないのだが、これは皮肉に聞こえたかもしれない。

「あなたの目的は、黄金の鷹を完全に破壊することでしょう？　誰にもその目的を明かさず、秘密裏にそれを片付けるつもりで、親しい人すべてを欺《あざむ》いてきたのね。お母さまの言い付けだったのかしら」

「参ったな。その口ぶりじゃあ、本当に何もかも見抜いて……っと!!」

クラウディアを一瞥しただけで、ノアによる凄絶なまでの一撃が繰り出される。アシュバルは口元の笑みを引き攣らせ、剣を合わせたノアと真っ向から対峙した。

「……っ、おふくろに言われたからってだけじゃあ、ないんだ」

「あら。そうなの？」

「餓鬼の頃はそれもあったがな。親父《おやじ》が死んで俺が王になり、黄金の鷹を手元に置いて、自分のやるべきことがよく分かった」

互いに流儀の違う剣術で相見《あいまみ》えると、こうも戦いにくいらしい。砂を巻き上げるように足を振ると、ノアが即座に対応して後ろに跳ぶ。

その隙を使って弓に持ち替え、アシュバルは敏速に矢をつがえた。真っ直ぐノアに向けて放った矢は、ノアの魔法によって当然防がれる。

「願いの主が死んだあとの『呪い』が、どんな風に変貌するか知ってるか？」

アシュバルの投げ掛けに、ノアが眉根を寄せた。

「最初は正常に機能していたんだ。だが時間が経《た》つごとに、『黄金の鷹』は醜く溶けて、禍々《まがまが》しい形に変貌していった。表面に無数の穴が空き、寄生虫でも巣食っているかのような、血管状の膨らみが浮いて」

そう口にすると、ファラズが戸惑った声を上げる。

「し、しかし陛下。その女神像の首飾りは、美しいままです！」

「何を言っているファラズ。『黄金の鷹』は呪いの魔法道具だが、そこにある首飾りじゃない」

再びアシュバルが放った矢も、こちらに向かってくるノアの剣が落とす。彼の持つ剣の刀身は、浮かんでいる満月の光を強く反射していた。

「黄金の鷹の正体は、矢で射抜いたものを黄金に変える、呪いの道具」

魔法の腕はノアの方が上だ。アシュバルが放った炎に対し、すぐさま氷の盾を展開する。噴き上がる蒸気を他人事《ひとごと》のように見据えて、アシュバルは目を眇《すが》めた。

「――あれは、金色の弓の形をしているんだ」

「……！」

ファラズとナイラが息を呑む。

彼らの視線がアシュバルの手元に集中したのを感じ、戦いながら笑みを浮かべた。

「ふはっ、ナイラに渡したこの弓は違うよ。言っただろ、これは俺の分身」

「だ、だがアシュバル。それなら何故お前は、わざわざ後宮からその弓を持ち出したんだ!?」

「……そうか。ノア、クラウディア」

ナイラの疑問に答えることなく、アシュバルは独り言のような心境で呟《つぶや》く。

「本当のことを、ナイラたちには話さないでいてくれたのか」

「……!?」

動揺するナイラに反して、ノアもクラウディアも表情を変えない。

そのことが、何よりも雄弁な肯定だ。

（本当に。偶然にもこのふたりに出会えたことが、俺の生涯で二番目の幸運かもしれないな）

そして『生涯最大の幸運』は、間違いなくナイラの存在だった。

（だからこそ）

アシュバルを閉じ込めるこの結界は、正攻法で破れそうもない強固なものだ。

（ここで俺の目的を果たそうとしても、必ず妨害される）

どうしてもノアを退け、クラウディアに解除させなければ逃げられない。しかし、ノアは的確にアシュバルの攻撃を防ぎながら、こちらをじわじわと追い詰めてくる。

まるで、時間稼ぎをしているかのように。

(もう、他に方法は……)

アシュバルは大きな賭けに出て、手にした剣を振りかぶった。投擲槍《とうてきやり》のようにノアに投げ、その勢いを魔法で加速させる。

ノアの剣で弾かれ、回避されるのは承知の上だ。しかしすかさず立て続けに矢を放ち、黒曜石の瞳を狙う。

ノアはこちらに向かって走りながら身を屈《かが》め、一度地面に手を突いて下に躱し、起き上がる反動で跳躍した。足元を狙った矢が石畳に刺さり、細かな破片が散る。

その石片は硝子のように、ノアの体を傷付けた。しかしノアはそんなものに構いもせず、一直線にアシュバルを狙ってくる。

(あんたが石の破片を気に留めそうにないのも、分かっているさ)

だからこそと、アシュバルは笑った。指先を僅かに動かして、その石片に魔力を込める。

(悪い、クラウディア……!!)

「――――……」

矢尻のように尖った石が、クラウディア目掛けて滑空した。

けれども次の瞬間に、アシュバルの世界が反転する。

「っ、ぐ……!!」

「アシュバル!!」

焼け付くような痛みが走ったのは、弓を射るために必要な右肩だった。

「…………」

剣をきつく握り締めたノアが、仰向《あおむ》けになったアシュバルの腹に足を乗せる。

アシュバルの肩口に剣を突き立て、真上からアシュバルを見下ろすノアの双眸には、純度の高い殺気と警告が込められていた。

よく躾《しつ》けられていて大人しい癖に、奥底には猛獣の血が流れるのを隠していない、そんな目だ。

「……馬鹿だったな」

アシュバルが左の手からも力を抜くと、ばらばらと矢が落ちる。ノアに守られたクラウディアは当然のように涼しい顔をしていて、怪我ひとつ負っていない。

「……俺が王になって二年ほどのあいだは、『黄金の鷹』をどうにか壊さずにおけないかって、そんな風に血迷いもした。この国の人が生きていくために、必要なものなんだと……自分の役目も忘れて、一人前の王みたいな顔で」

アシュバルが小さく呟いた言葉は、それでもきっとここにいる全員に聞こえている。

「本当に馬鹿だった。おふくろの言った通り、さっさと壊しておけばよかったのに」

心臓の鼓動に合わせるかのように、右肩が等間隔で痛む。いまのうちに拘束してくるのかと思いきや、ノアは黙ってアシュバルを見据えているだけだ。

「……いや。それで上手《うま》く行っていたかなんて、そんな保証はないか」

「あ、アシュバル……？」

ナイラが不安そうに歩いてこようとする。それを無言で止めてくれたファラズに、虫の良い話ではあるが感謝した。

「『黄金の鷹』の主は親父だ。持ち主がとっくに死んだあとに、願いだけが生き続けている……それってすごく歪《いびつ》だよな。故人が願った通りの形のままで、ずっといられるはずがない」

「なあアシュバル、教えてくれ！　私がお前に何よりも聞きたいのは、お前の言う役目の話なんかじゃない」

許してくれ、と心の中で唱える。

早々にすべてを告げるべきだと分かっていた。けれどもアシュバルにはまだ、その勇気が出ないのだ。

「……俺のところに迎えが来るまで、『国が総出で探していた王の息子が、自分のことだと思わなかった』って話しただろ？」

クラウディアとノアにだけではなく、ファラズやナイラにもそう伝えていた。

「嘘だと思うかもしれないけど。あれ、ちゃんと本当に本当なんだぜ」

「アシュバル陛下……しかしあなたは、サミーラさまのご命令で、黄金の鷹をと」

ファラズの戸惑いは当然だ。

いくら宮殿の外で育った境遇でも、王の正妃だった母親のもとに産まれてきたのだとしたら、自分が王の息子だと想像するのは容易だろう。

しかしアシュバルには、自身が捜索されていると思い至らなかった理由がある。

「本当に知らなかった。だって、間違っているんだ」

「間違っている、とは……」

アシュバルは短く息を吐き、ひとつ目を明かした。

「……だって俺は、親父の息子じゃないから」

「――――！」

ファラズとナイラが息を呑み、何処か呆然とアシュバルを見据える。アシュバルは自嘲の笑みを浮かべたまま、目の前のノアに願った。

「悪かった、ノア。謝るから、俺からクラウディアに質問することを許してくれるか？」

「………………」

相変わらず凍り付くような殺気を纏って、ノアがアシュバルを睨み付ける。この男の前でクラウディアを狙うことは、本当に命知らずな行為だったようだ。

ノアはその怒気を押し殺すように目を伏せると、重い口を開く。

「……その是非は、俺が決めることではありません」

「なあ、クラウディア」

肩口が痛むのを堪えながら、アシュバルは彼女へと問い掛けた。

「あんたはどうして分かったんだ？」

「………………」

ナイラたちにすべてを話さないでいてくれたのは、アシュバルへの配慮だろう。しかし、当のアシュバルこそがそれを尋ねたことで、クラウディアは柔らかな声で話し始める。

「結界よ」

「……後宮の、か」

「あの結界は、すべての人間と魔物が通れない構造になっている。人間である私が動物の姿に変身しても、弾かれるのは変わらないわ」

動物の姿に変わる魔法はひどく難しい。

アシュバルのような存在でなければ、容易に出来ることではないだろう。涼しい顔で話しているが、彼女はとんでもない魔術師だ。

「私にすら見抜けない仕掛けが、あの結界に組み込まれている可能性も考えたの。それから、結界を張った女性の息子だけが特例になる可能性も」

「あれを分析したなんて、本当にすごいな」

「ありがとう。だけど本来ならそういう特例の存在だって、結界を分析すれば分かるはずよ」

クラウディアの薄金色をした瞳が、アシュバルを見据える。

「あの結界は例外なく、人と魔物を通さない。それなら、あなたが通れる理由は明白ね」

「…………」

アシュバルはここで観念して、すっかり全身の力を抜いた。

「……先代国王は、俺の父親じゃない。俺にとっての『父親』は、存在しないんだ」

先ほども言葉にした事実だけではなく、もうひとつの補足を重ねる。

「俺が。……俺こそが」

決して言い淀《よど》むことのないよう、瞑目《めいもく》してこう口にした。


「――人間じゃなく、おふくろの呪いが生み出した、魔法道具だから」

「……え……？」


空虚に零《こぼ》されたナイラの声が、鼓膜を揺らす。

だからアシュバルは首を動かし、ナイラを見てなんとか笑みを作った。

「化け物なのに、ずっと人間のふりをしていてごめん」

「……!!」

ずっと言えなかったことを、恐ろしくて逃げてしまったその事実を、ようやくナイラに差し出すことが出来たのだ。

その瞬間、ひどい頭痛がアシュバルを襲った。

「ぐ、あ……!!」

「アシュバル!?」

あまりに凄まじい痛みが走り、何が起きたのか分からない。頭を叩き割られているかのような、反対に内側から頭蓋をこじ開けられているかのような、そんな激痛だ。それを見てナイラが叫ぶ。

「お願いだ、剣を抜いてやってくれ!!　アシュバルの治癒をしたい、どうか……!!」

(どういうことだ!?　今日は満月だ。雲もない、月光は……)

顔を上げた瞬間に、クラウディアによる結界が音を立てて破れる。

球体状の結界の向こうに輝いていたはずの白い満月が、見るも無惨に砕け散った。

「な……」

アシュバルが先ほどまで見ていたのは、魔法による偽物の月だったのだ。

本物の月だって空にある。けれどもその色彩や輝きは、アシュバルに必要なものではない。

「あれは、月食……?」

不穏な赤橙色《せきとうしょく》に変色した月が、黒く開いた穴に侵食されようとしていた。

(月光が、消える)

その瞬間、凄まじい呪力が体の中から湧き上がってくるのを感じた。

「っく、あ、が……!!」

「アシュバル!!」

「来るな!!」

叫んだアシュバルの頭の中に、遠い日の母の声がする。

『憎き黄金の鷹。私はあの呪いを、憎み続ける……』

眠っているアシュバルの横で、母はそう繰り返した。微睡《まどろ》みの中で耳にした記憶に、アシュバルは必死で返事をする。

（分かっている。……分かっている、壊すから、そのための道具である俺が）

我を忘れるほどの激痛の中、母が何かを囁く声が聞こえた気がした。

『でなければ、お前は――……』

（……あれ）

その言葉の先を耳にしていたことを、アシュバルは初めて思い出した。

（あのとき、俺は何を聞いたんだっけ……）

意識が薄れたその刹那に、ひときわ強い呪いの力が体内で脈打つ。危険を察知したらしきノアが、アシュバルの肩から剣を抜いて後ろに回避した。

次の瞬間、背中に燃えるような熱を感じる。

そしてアシュバルは、自らの意識を手放したのだった。

＊＊＊

「っ、う、ああ……！」

「アシュバル……!!」

ナイラの悲痛な叫び声が、クラウディアのすぐ近くで響き渡った。物見塔の手摺《てす》りに腰掛けていたクラウディアは、想像通りの事態に息を吐く。

（おおむね、予想通りの流れになったわね）

アシュバルから離れたノアが、クラウディアを背にして剣を構える。

その剣先、蹲《うずくま》ったアシュバルの背中には、黄金の両翼が生えているのだ。

鳥の翼のようなものではない。いくつもの弓が背から生え、連なっていて、まるで黄金の翅《はね》のようだった。

（アシュバルの母君サミーラさまは、王の子を授かってなどいなかった。……優れた魔術師であることを利用し、後宮に強力な結界を張る役割を担ったのも、自分が不貞の子を宿すことは困難だったと主張するためかしら）

そして王との接触を果たしたあと、嫁ぎ先から持ち込んだ呪いの首飾りを用いて、赤子を模した魔法道具を作り出したのだろう。

（人ではなく、黄金の鷹を壊すための道具。アシュバルはそんな自分の正体を、幼い頃から理解していた）

けれどもそれは失敗したのだ。

「黄金の鷹を壊すための道具でありながら、あなたはそれに失敗して、黄金の鷹と融合したのね」

クラウディアの言葉に、ナイラが絶望して目を見開く。

「いまのアシュバルこそが、黄金の鷹。……その成れの果て、と言うべきかしら」

「っく、あ、ああ……!!」

黄金の光が迸り、弓の折り重なった翼が肥大化する。その光はじわじわと、アシュバルの姿を変貌させていった。

「アシュバルのお父さまが亡くなって、黄金の鷹が変貌したからか。あるいは、アシュバルを生んだお母さまが亡くなって、黄金の鷹を破壊する機能を持つアシュバルに変貌が生じた所為かしら」

あるいはその両方かもしれない。

確かなのは、アシュバルと黄金の鷹がひとつに溶けて、新しい異形になろうとしていることだ。

「だ、だがディア殿……！　アシュバルはつい先ほどまで、いつもと変わらなかった！　あんな様子は」

「呪いは人の願いによって作られるもの。だから、主人の想《おも》いの影響を受けるの」

ナイラに告げると、びくりと彼女の肩が跳ねる。次期正妃となる彼女の耳には、月を模した耳飾りが揺れていた。

「太陽は王を、月は妃《きさき》を表す国。輿入れの夜の月食によって虐げられた妃サミーラさまには、尚更《なおさら》それが強く印象付いていたのでしょうね」

「……だから太陽と月、なのか」

ファラズが納得したように呟き、ナイラに告げる。

「恐らく太陽が出ているあいだ……そして月の光が届くうちは、サミーラさまの方の力が強まるんだ。太陽は王となったアシュバル陛下そのものの、月はサミーラさまの象徴」

「そう。だから日光や月光がある間だけ、アシュバルは平常でいられる」

そしてアシュバルが呪いによって生み出された魔法道具であることは、彼の母親の結界によって巧妙に覆い隠され、守られていた。

だからこそ、最初の接触で気が付けなかったのだ。

「太陽は雲に隠れても、その光を完全に遮られることはないわ。陽の光が一切届かないという状態は、夜の闇を指すもの」

曇りであろうと雨であろうとも、日が昇っているあいだは雲越しに、直接ではなくたって陽光が降り注いでいることになる。

「けれども月の光は弱く、満月の夜でもない限り、たやすく雲に遮られてしまう。お父君が亡くなった直後ならまだしも、それから時間が経つごとに、黄金の鷹の力は暴走を強めていったのでしょう」

「……っ」

「大切な人に会う夜が満月だったのも、月の力が強い日でなければ怖かったから」

そう告げると、見開かれたナイラの瞳が揺れる。

「けれどもいよいよ抑えきれなくなったのを感じて、アシュバルは王宮から姿を消すことにしたのね。臣下に引き止められない理由……国の宝が盗まれたと、そんな事情を偽った」

完全な嘘ではないのかもしれない。純粋な黄金の鷹と呼べる代物はもう、この世界からは無くなっているのだ。

「本当なら今夜は満月で、アシュバルは月光によって黄金の鷹の力を抑えたまま、自分を『壊せる』はずだった。けれど」

クラウディアは、月食によって赤い三日月と変貌した空の月を見上げる。

ナイラはそれを見て、全てを察したかのように目を眇めた。

「月食が今夜起こることを、貴殿たちは知っていたのか……！」

不吉な現象の発生については、記録に残すこと自体を厭《いと》うことも多い。

そのためこの地域では口伝《くでん》ばかりが存在し、月食が一定の年数で起こることや、次の発生がいつになるかといった分析が禁忌とされていたのだろう。

「どうして月が欠けるのを待った!?　いまの話が事実であれば、陽光も月光も届かなくなった今のアシュバルは……」

ナイラが叫び、ファラズから逃れようともがく。アシュバルは自らの頭を両手で押さえ、朦朧《もうろう》とした様子で声を振り絞った。

「……俺に、課せられた役割は、黄金の鷹を壊すこと……」

「アシュバル……！」

「黄金の鷹と『混ざった』俺に、生まれたときのような力は、もう無い。……だから、ナイラに渡したあの弓を、使わないと……」

ナイラがはっとして、床に落ちた黄金の弓を見る。

「ノア。戦ってみて、どう感じたかしら？」

「……あの黄金の弓と矢も、呪われてはいませんが魔法道具です。力はそれほど強くないものの、黄金の鷹を壊す魔力を宿しているかと」

アシュバルに剣先を向けたままのノアが、淡々と的確にそう答えた。

アシュバルはかつて、その弓を自分の分身だと言って渡したそうだが、それは比喩でもなんでもなかったのだろう。

「分かった？　ナイラ。あなたの弓は、黄金の鷹を壊す性質を持ったアシュバルの分身。だからアシュバルは今夜それを盗み、この弓矢によって自分を貫くことで、終わらせようとしたの」

「……そんな……」

あの弓矢を幼いナイラに贈ったのは、万が一のためだろうか。

それから、弓の扱いを教えたのも。

「ひどい男だわ。本当に」

ナイラに心から同情して、クラウディアは呟く。

「自分を殺すための武器と力を、恋しい女の子に与えるなんて」

「…………っ！」

アシュバルが顔を顰め、浅く短い呼吸を重ねて、苦しそうに問う。

「クラウディア……」

「どうしてここに、ナイラを連れて来た？」

「分かっていたからよ。あなたの弱みになることが」

クラウディアはあくまで軽やかに、余裕のある笑みを返した。

「彼女が住まうのは、後宮でも最も清浄な水の流れる宮のひとつだもの。万が一黄金化の呪いが暴走しても、あの水の傍に居るのなら、少しの猶予はあるでしょうね」

女神像の首元に据えられた首飾りが、跳ね返す月光が消えた中で沈黙している。

アシュバルが自害の場所にここを選んだのは、呪いの首飾りに少しでも力が借りられることを期待したからだろうか。

だが、この都で最も月光を受けやすい場所にあったとしても、その月が蝕《しょく》に食《は》まれてしまっては意味もない。

「ぐう、う……！」

アシュバルが苦しそうに身を丸め、金色の両翼がさらに大きくなる。

その体を侵食する金色は、まるで鳥の羽か鱗《うろこ》のようだ。アシュバルの変貌に呼応して、辺り一帯に黄金の光が伸びてゆく。

「う、あああ……っ!!」

街中に巡らされた水路を這《は》うその光は、血管のごとく躍動しながらその範囲を広げていった。アシュバルの両脚は鱗に覆われ、怪鳥のような下肢に変わってゆく。

ナイラを汗だくで押さえるファラズが、クラウディアたちに向かって声を上げた。

「おい、これは一体どうなるんだ!?」

「『黄金の鷹』が暴走しているわ。思ったよりも早く侵食が進んで、王都中の人々を黄金に変えてしまうつもりみたいね」

「随分と涼しい様子で言ってくれるぜ、分かっていてなぜ月食を待った！」

ファラズの疑問はもっともだろう。クラウディアはノアの背中越しにアシュバルを見据えつつ、その疑問に答える。

「呪いの魔法道具を破壊するためには、一度こうした暴走状態にしなくては難しいわ。だから、アシュバルが姿を見せる満月でありながら、月光に守られない蝕の時間を待つ必要があった」

「は、破壊って……」

後ろにふらついたアシュバルの腰が、物見塔の手摺りにぶつかった。ぐらりと重心を崩すものの、アシュバルが落下することはない。

背中から生えた無数の弓が、翼そっくりに躍動する。自らの体を掻き抱《だ》いて苦しむアシュバルが、見上げる必要があるほどの高さに浮き上がった。

魔法の翼によって浮いている、その姿はまさしく大きな鳥だ。異変に気が付いた民たちが、家から出てきて悲鳴を上げる。

「ほん、とうに」

その悲鳴を聞いたアシュバルが、震える声で口にした。

「どうにかなればいいと、思っていたんだが、なあ。……黄金の鷹がなきゃ、この国の人たちが、生きていけねえのに」

「アシュバル……」

泣きそうなナイラを見付けると、彼はぎこちなく笑うのだ。

「黄金の鷹を維持するか、おふくろに言われた通りに壊すか。俺が失敗したのはきっと、そんな弱い迷いがあったからだ」

「弱いなんて、そんなはずが」

「餓鬼のころの俺にはナイラがいた。だから生きられた。……でも、そうじゃない連中も大勢いる」

子供の頃に与えられた治療や食料が、アシュバルをどれほど助けたかは想像に難《かた》くない。そんな経験が、王に選ばれたあとのアシュバルに、民を飢えから救いたいという想いを抱かせたのだ。

「だからって」

アシュバルはそんな願いに対し、自嘲のような笑みを浮かべる。

「……俺の存在が滅ぼす側になる始末じゃあ、どうしようもないな」

「っ、お願いだ……!!」

ナイラが泣きそうな顔をして、ノアとクラウディアに懇願した。

「何か打破する方法はないか!? 教えてくれればなんでもする、命だってかけて構わない……!!

国とアシュバル、両方を救える方法を」

「お、おい、ナイラ殿！」

「私に出来ることであれば！　いいや私に出来ないことだって、果たしてみせるから……」

ナイラの両目に涙が浮かぶ。凛《りん》とした普段の振る舞いを消し、必死に願いを繰り返した。

「なんでもするから。……あいつを、助けて……！」

「――ノア」

クラウディアはくちびるに微笑みを宿したまま、アシュバルに剣を構えたノアに告げた。

「もういいわ。剣を下ろして」

「……はい。姫殿下」

「待ってくれ!!」

ナイラが大きく身を捩《よじ》り、ファラズの拘束から逃れようとする。あまりにも激しく暴れる所為で、ファラズが支えきれずにふたりで膝をついた。

「どうか、願いを……!!」

「生憎ね」

クラウディアはこつりとヒールの音を鳴らし、下がらせたノアと入れ違いに歩み出た。

「私は、やりたいことしかしないの」

「……っ」

「だから」

絶望に歪《ゆが》んだナイラの表情が、驚きに変わる。

クラウディアが翳《かざ》した右手から、一気に光が広がったからだ。

「っ、これは……!?」

その瞬間、怪鳥の姿となったアシュバルが背を反らし、声にならない叫びを上げた。

クラウディアが右手に強く魔力を込めると、それに合わせて砂漠が揺れる。地脈から都に広がった黄金の呪いが、鼓動を刻むような間隔で収縮し始めたのだ。

「呪いが、抑えられている……?」

「だが、アシュバルが!」

「っ、ああああ……!!」

ファラズとナイラの言葉が、凄まじい声によって掻き消される。アシュバルのひび割れた咆哮《ほうこう》が、断末魔のように不吉な音色を帯びた。

一方で根を張った呪いの光は、確実に小さくなってゆく。

(呪いを一時的に、極限まで抑え込むことは可能。けれど)

汗の雫《しずく》がクラウディアの首筋に浮いて、つっと一粒落ちるのが分かった。クラウディアは左足をじりっと半歩引き、更なる魔力を注ぐ。

(…………っ)

顔だけは涼しいものだから、悠然として見えているかもしれない。クラウディアの心臓が軋《きし》み始めていることには、他の誰も気が付かないだろう。

「——姫殿下」

ただひとり、ノアを除いては。

「——……」

ノアは後ろから抱き締めるように、クラウディアの体を支えてくれた。

呪いを扱う魔法に関しては、クラウディアが誰よりも長《た》けている。これだけはノアの手も借りられず、クラウディアがひとりで行うべきものだ。

それを見ているしか出来ないことが、ノアには心底から歯痒《はがゆ》いのだろう。

ノアは黙っているものの、悔しそうにきつく奥歯を噛《か》み締めたのが分かる。クラウディアは少し微笑んで目を瞑り、ゆっくりと息を吐き出した。

(『クラウディア』に生まれ変わって、十三年。……いい加減、気が付いていたけれど)

ノアの心音を感じながら、クラウディアは静かに確信する。

(――この体はきっと、『アーデルハイト』の器としては、生きていられないのだわ)

魔法を使うと眠くなるのも、魔力の枯渇だけが原因ではない。

それでもノアに抱き締められたお陰で、少しだけ苦しさが和らいだのを感じる。ノアの魔法はすべての魔力をもって、クラウディアを治癒するために注がれているのだ。

そのことにクラウディアは微笑んで、呼吸を継いだ。

(さあ)

そうして両の瞼《まぶた》を開けると、呪いを更に強く押さえ付ける。強い痛みを堪えながら、決して揺れない声音で告げた。

「ナイラさま。……アシュバルに貰《もら》った、あなたの弓を手に取って」

「……！」

ファラズに押さえ付けられていたナイラが、その言葉に目を見開く。

「アシュバルと呪いは私が抑えるわ。ノアには私を、守ってもらわないと。だから」

するとファラズの方が動揺を見せ、クラウディアに反論した。

「クラウディア殿！　まさかとは思うがあんた、ナイラ殿の手で陛下を射抜けと……」

「……そうよ」

「ちっ……そこを動くなよナイラ殿、陛下は俺が殺す！　あの人の息子だ、俺が代わりに責任を果たす……!!」

ナイラを離したファラズが、駆け出して床に転がった弓を拾う。その瞬間に再び咆哮が響き、アシュバルの鳥への変貌が進んだ。それを見て、ナイラが叫ぶ。

「アシュバル!!」

「っ、姫殿下」

クラウディアの目の前が眩んだことを、察したノアが呼んでくれる。クラウディアはそれでも表情を変えないまま、その手にぐっと魔力を込める。

「……アシュバルは、呪いによって生み出された魔法道具よ」

「ナイラ殿、俺に矢を貸せ！」

ファラズの叫ぶ声を遮るように、クラウディアは淡々と続けた。

「強い願いが呪いになる。……裏を返せば、呪いこそは強い願いなの」

ナイラがクラウディアを見上げて呟く。

「あなたは、一体何を……？」

だからクラウディアも、彼女の方を振り返って続けた。

「黄金の鷹という呪いの主も、アシュバルを生み出した呪いの主も、亡くなっていてもう居ない。

その所為で願いの形が歪み、暴走を生んでいるというのなら……それこそが、アシュバルの変貌の理由だというのなら」

クラウディアは微笑んで、ナイラに告げる。

「生きている人間であるあなたが、アシュバルのことを強く望めばどうなるかしら？」

「…………！」

トパーズの色をしたナイラの金眼に、鮮やかな光が揺らめいた気がした。だが、ファラズは否定する。

「待て、お嬢さん！　あんたが示した通りになる、その保証は本当にあるのか!?」

「ないわ、残念。こんなの私にも初めてなのだもの」

強い呪いの魔法道具が、人間として生まれて育てられた。そんな前例など聞いたことがないのだから、対処方法だって分かるはずはない。

「……ナイラさま」

それでもクラウディアは、彼女が続けてきた努力のことを知っている。

「あなたの弓は、愛する男の傍に立って守るための弓でしょう？」

「──────！」

そうして立ち上がった彼女の表情に、怯《おび》えや迷いの色は無かった。

「ああそうだ。……我が友人、アーデルハイトよ」

「ふふっ！」

クラウディアが微笑めば、ノアがファラズに視線を送る。がしがしと頭を掻いたファラズは、ナイラに弓を投げ渡した。

「ありがとうございます。ファラズ殿」

「危険だと判断すれば、その弓を奪ってでも止める」

ナイラが大きく頷いた。クラウディアが息を吐いた瞬間に、アシュバルがこちらに手を翳す。

「おい！　気を付けろ、アシュバル陛下の魔法がくるぞ!!」

（……アシュバルからはもう、人としての思考が奪われて……）

アシュバルの短い詠唱のあと、灼熱《しゃくねつ》の炎が放たれた。クラウディアに襲い来る炎を前に、ノアは一歩も動かない。

クラウディアを抱き締めて支えたまま、その炎を静かに睨み付けるだけだ。それだけで結界に弾かれた炎が、轟音《ごうおん》を立てながら両横を擦り抜けていった。

「ナイラさま。私たちの後ろに隠れたまま、構えられる？」

「……少しの間、集中できれば……！」

「もちろんよ。ゆっくりどうぞ」

後宮から出たことのない女の子は、人や生き物など射抜いたことはないだろう。ましてや愛しい人を壊すかもしれない攻撃において、矢の数はわずか三本だ。

（とはいえ）

クラウディアが押さえ付ける魔法の中で、アシュバルの背に生えた黄金の翼が暴れる。最後の抵抗をするかのような、暴力的な力だった。

（もう少しだけ、私の体が保《も》てば――……）

クラウディアは思わず顔を顰め、アシュバルに翳していた手の指先を跳ねさせる。

「……っ」

微《かす》かな吐息を漏らしてしまった、そのときだ。

「……ノア」

「…………」

支えてくれているノアの手が、クラウディアの手に重なった。

指を絡めるように握り込まれて、その切実さに瞬《まばた》きをする。そしてクラウディアは微笑むと、自由な方の手を上に伸ばし、ノアの頭を撫でた。

「……いい子ね。可愛い従僕」

ノアの魔法が治癒してくれるお陰で、この痛みの中でも立っていられるのだ。

（あと、もう少し……）

クラウディアは背中に重心を移し、ノアに体を預けるようにする。全身が痛む感覚を踏み躙《にじ》り、無理やりに笑った。

「さあアシュバル。……あなたの弱み、大切な女の子がここにいるわよ」

そのために、ナイラをここに連れて来たのだ。

ナイラが金色の矢をつがえ、真っ直ぐに胸を張る。凛として立つナイラのその姿は、クラウディアが見惚《みと》れるほどに美しい。

「だからもう、観念して」

ナイラは迷わずに弦を引き絞り、その矢を放った。

「——自分の中のどうしようもなく『人』である部分を、許してあげなさい」

「————!!」

黄金の矢が空を切り、逃げ場のない黄金の鳥を貫く。

金属の砕けるような音と共に、アシュバルを覆っていた黄金が砕け、人の形に戻ったアシュバルの体が落ちてきた。クラウディアは声を上げる。

「ファラズおじさま、アシュバルを!」

「っ、ああ!」

同時に駆け出したナイラよりも早く、ファラズが落下地点に着く。

アシュバルの体を受け止めた彼の頭上では、ナイラの矢によって散り散りになった黄金の破片が、再び鳥の形を作り始めていた。

「ノア。お願い」

呪いの抑制や制御は必要なくなり、あとはこれを破壊するだけだ。クラウディアが命じ終える前に、ノアが黄金の鳥へと手を翳す。

そして無詠唱で放たれた一撃に、一際強い光が辺りを覆った。

「っ、アシュバル……!」

真っ白で何も見えない光の中、アシュバルを揺り動かすナイラの声がする。彼女が必死で叫ぶ中に、知らない女性の声が重なった。

『……どうして』

「！」

ナイラが驚いて口を噤《つぐ》み、ノアがクラウディアを守るように抱き込む。

声の主に察しがついたクラウディアは、ノアにされるがままに聞いていた。

『……どうしてこの子がこんなにも、可愛いのかしら』

「だ、誰だ……？」

『私の道具。復讐《ふくしゅう》のために生み出した、呪いの子。それなのに、どうして？』

「まさか」

ファラズがはっとした様子になり、クラウディアが予想したものと同じ名を呟く。

「これは、サミーラさまの声……」

「……っ、おふくろ……？」

朦朧とした様子のアシュバルが、うつろな様子で呟いた。眩しすぎる光が弱まり始め、周囲が見えるようになってくる。

そんな中に聞こえるのは、過日のサミーラの声で間違いないようだ。

『……忘れては駄目。アシュバルは、憎しみを果たすためだけに作った物なのだから』

「………」

『人間ではない魔法道具。そうよ、これは』

「アシュバル……」

繰り返される声を受け、ナイラがアシュバルに両手を伸ばす。

「聞かなくていい！　こんな声、これこそが呪いだ。お前は私にとって、道具なんかじゃない!!」

「……ナイラ」

『忘れては、駄目』

ナイラがアシュバルの耳を塞ごうとした、そのときだ。

『……この憎しみだけが、アシュバルを人で居続けさせるための手段だもの……』

「…………！」

母が紡いだその言葉に、アシュバルが息を呑む。

『この子が愛おしくとも。ただの道具だなんて、思えなくなっていたとしても』

「……これは」

『憎悪と呪いで作り出した、私の息子。私が憎しみを忘れては、この子は生きていられなくなってしまうかもしれない……』

ゆっくりと体を起こそうとしたアシュバルを、ナイラが慌てて支える。今のアシュバルの体はすべてが人間で、異形への変貌は何処にもない。

『ごめんなさい、アシュバル』

月食が月を塗り潰し、月光など掻き消えた中でも、アシュバルは人のままだった。

『私は死んでも憎み続けると誓うわ。黄金の鷹を壊せと、そのために生んだのだと、お前の存在意義を唱え続けながら』

サミーラの声は泣いていた。

それを察したであろうアシュバルが、何かを堪えるように強く瞑目する。


『私が死んでも、あなたが生きていられるように』

「……っ、母さん……」


『失敗』の理由は、簡単なことだったのだ。

(アシュバルが、黄金の鷹を上手く壊せなかったのは。『黄金の鷹を壊すために生まれた』という根本が、お母さまによって変わってしまったからなのね)

どれほど言葉で繰り返しても、本当の願いとは違っていた。

「お母さまの首飾りは綺麗《きれい》だわ。アシュバル」

クラウディアはノアの方へと向き直りつつ、アシュバルに告げた。

ノアは何も言わずに察し、クラウディアの頬に手を伸ばす。輪郭を伝う汗を指で掬《すく》ってもらいながら、クラウディアはアシュバルに説いた。

「人が死んだあとに残る願いは歪むと、あなたは言っていたけれど。死しても尚《なお》消えない、形を変えることのない、そんな強い願いは存在すると私は思うの。……もちろん、とっても難しいことだけれど」

女神像の着けている首飾りは、恐らくサミーラの輿入れ当夜のまま、歪むことなく輝いている。

「お母さまの呪《ねが》いは、変貌していないわ」

「……いまも、ずっと……」

その『呪い』が黄金の鷹を壊すことではなく、彼女の真なる願いの方だということは、わざわざ口にするまでもないだろう。

今でも実感が湧かない様子で、アシュバルが自分自身の手のひらを見下ろす。握ったり開いたりをした上で、呆然と呟くのだ。

「……俺はまだ、人のふりをしたままでいられるのか？」

「っ、馬鹿‼」

アシュバルに抱き付いたナイラが、力一杯の声で叫ぶ。

「私にとって、お前はずっと人だった‼」

「‼」

それを聞いてクラウディアは微笑んだ。

絶句しているアシュバルに対し、ほとんど泣き声のナイラが続ける。

「お前がそう思えなかったとしても、私が信じ続ける。願い続ける。私がお前を、人でいさせる！」

「……ナイラ」

「いつかお前が、それでも崩れそうになったら！　そのときは私が何をしてでも、お前を消してやるから……！」

いよいよ涙に濡《ぬ》れた声が、最後に弱々しく紡ぐ。

「……その日が来るまで、お前は私の大切な『人』だ……」

「…………」

ナイラに縋られたアシュバルが、息を呑んだ。

けれどもやがて彼は笑い、少しだけ困ったような顔をする。ナイラの背中をぽんぽんと撫でて、こう伝えた。

「……お前が泣くところ、初めて見た」

「うるさい」

「可愛いな。……ちゃんと見たい」

「うるさい……！」

そうして今度はアシュバルの方が、ナイラに縋るように腕を回すのだ。

「……ありがとう」

クラウディアは息を吐き、ファラズの方を振り返る。

「これで一件落着ね。あとはお願いできるかしら？　おじさま」

「……クラウディア殿。ノア殿」

こちらに歩み出たファラズが、クラウディアたちの前で跪《ひざまず》いた。この国でも最上級の礼を表す、そんな姿勢だ。

「我が主君を、恩人の息子を、そしてこの国を救っていただいたことを御礼申し上げます。どのような言葉を尽くしてもお礼のしようがない恩義、まずは我が王に代わって謝意を表明したく……」

真摯に振る舞うファラズの様子は、これまでの摑み所がない様子とは打って変わっている。

こうしていると忠実で勤勉な臣下に見えないこともないと思いつつ、クラウディアはノアを見上げた。

「ですって、ノア。お前に任せるわ」

クラウディアはノアに手を伸ばす。ノアはすべてを察した様子で、クラウディアを抱き上げながら言った。

「こちらの要求を出せるのならば、このお方がお休みになれる部屋の用意を。……目覚めるまで、数日は掛かるかもしれません」

(さすがはよく分かっているわね。……私のいい子)

うとうとと微睡むクラウディアは、ノアに身を擦り寄せて目を瞑る。

先ほどまでの魔法の所為で、あちこちが限界を訴えているのだ。けれども頭だけは妙に冷静で、次にすべきことを巡らせていた。

(今回でよく分かったわ。この体、王女クラウディアという器のままでは、どうにもならないということを)

クラウディアはゆっくりと目を開けて、視界の向こうにぼやける女神像を見据える。それからすぐに、ノアのことを見上げた。

「……姫殿下？」

（そんなに心配した顔をしなくていいの）

クラウディアは手を伸ばし、よしよしとノアの頭を撫でる。

その上で、そうっと心の中だけで唱えるのだ。

（……この次で、きっともう、おしまいだから……）

「……？」

それを告げない代わりに、もうひとつの本心を微笑んで告げる。

「いつもありがとう、ノア。大好きよ」

「――――……は」

「ふふ」

驚いた顔がとても可愛い。けれど年下扱いをしすぎると、また不服そうな顔をするのに違いないのだ。

だからクラウディアは、ぎゅっとノアに抱き付くだけにする。

「おやすみ、なさい」

「……っ。あなたは、また……」

こうしてクラウディアは上機嫌のまま、安心できる腕の中で目を閉じたのだった。

エピローグ

クラウディアが砂漠から自国に戻ってきた頃、王都の冬はますます深まって、淡い雪すらも降る寒さになっていた。

ノアの魔法によって作り出された冬のドレスは、チャコールグレーの艶《つや》やかな毛皮を所々にあしらった深い緑のドレスだ。魔法の効果もあって暖かく、クラウディアが歩く度にふわりと裾が泳ぐ。

そしてクラウディアは、いくつものプレゼントを両手に抱えて父王に謁見していた。

「とーさまっ、おみやげだよ！」

「………………」

玉座に頬杖《ほおづえ》をついた父は、娘がどさどさと膝に物を置いていくのを無言で眺めている。父の傍らにいる護衛の魔術師たちは、今にも爆発しそうな危険物を見る表情で落ち着かない。

「シャラヴィアの旅行、楽しかったあ！　大きな蛇さんも居て、竜も居てね！　街はきらきらの金色で、お日さまみたいだったの！」

「そうか。有事の際の進軍ルートは掌握できたか？」

「とーさまったら、クラウディアはそんなことしないもん。砂漠に遊びに行っただけなんだから」

「なんだ、つまらんな」

淡々とクラウディアの土産《みやげ》を検分する父は、無表情だった口元に笑みを浮かべる。

「……蛇や竜の話よりも、黄金の鳥が現れた件についての土産話が聞きたいものだが？」

「クラウディア良い子に寝てたから、なんのことだか分かんなあい」

そんな親子のやりとりが白々しいことを、魔術師たちは見抜けていないだろう。唯一頭の痛そうな顔をしているカールハインツにも、クラウディアは「どうぞ」とお土産を渡す。

「……姫殿下。こちらは？」

「蛇さんの脱皮した皮なの！　お金持ちになれるんだって！」

「有り難く頂戴いたします」

カールハインツは真顔なので、それがどういう感情での返事なのかは分からなかった。クラウディアはにこっと笑い、それから父に告げる。

「シャラヴィアには後宮っていうのがあって、女の子たちがたくさんお勉強をしてるんだって。クラウディア、十歳のときに行った学校もすごく楽しかったから、いいなあーって思っちゃった」

「……ふむ」

「とーさま。クラウディアがもっと成長したいって頑張ってたら、とーさまも嬉《うれ》しい？」

すると父はふんと鼻を鳴らし、さも当然のように言う。

「子が優秀に育つことに、異論がある親もそうはおるまい」

「よかったあ。じゃあクラウディア、頑張るね」

その上で父の膝に大量に乗せた包み箱のうち、一番小さくて平らな箱を指差す。

「この箱は一番最後に開けてほしいの。カールハインツと一緒に開けてね」

「……？　何か、そうしないと開けられない仕掛けでもしているのか」

（ふふ。時間稼ぎよ）

クラウディアは微笑《ほほえ》んで答えず、謁見の間の扉に向かって歩き出す。

「またね、とーさま！　カールハインツ！　クラウディアは森の塔に帰って、お昼寝するから」

「姫殿下？　兄君さま方にはお会いにならないので」

「うん！　起きたらすぐにまた来るから、へーき」

そう言ってぱっと駆け出し、両開きの扉から廊下に出た。最後に一度振り返り、小さく手を振る。

「ノア」

「……はい」

廊下で待っていたノアが、クラウディアのエスコートをするために手を伸べた。クラウディアはその手を取ると、転移の前に小さく呟《つぶや》く。

「ばいばい」

ノアが目を伏せ、転移魔法を発動させた。

そうして戻ってきた森の中の塔こそが、クラウディアにとっての家だ。

あまり戻ってくることはないが、赤子のときに追放されて以降、前世の記憶が蘇《よみがえ》ってからもここで暮らしてきた。

「椅子をどうぞ。姫殿下」

「ありがとう」

「お茶を淹《い》れます。……国王陛下は、シャラヴィア国での騒動に姫殿下が関わっていらしたことを察していらっしゃいますね」

ノアの言葉にくすっと笑い、肩を竦《すく》める。

砂漠の都に現れた黄金の鳥は、多くの民に姿を目撃された。

巨鳥が強大な魔法によって破壊される場面も。それと同時に、街中に巡らされていた禍々《まがまが》しい光が消え去ったこともだ。

人々はあれこそが、長年その正体を伏せられた王室の宝、『黄金の鷹《たか》』なのだと噂《うわさ》している。

その出来事が起きた当初は、国が発展した要《かなめ》の『黄金の鷹』が破壊されたことで、今後を不安に思う声が噴出したそうだ。

けれどもそこにひとりの女性が現れると、誰にともなく囁《ささや》いた。

『不吉な月食の夜に、黄金の鷹が姿を見せたなんて怖いわ。黄金の鷹とは本当は、忌むべき化け物だったのではないかしら？』

確かにそうだという賛同は、あっという間に広まったらしい。その論調が強くなってくると、黄金の鷹を破壊した存在についても目が向けられる。

『黄金の鷹は、月食の日に本性を表す化け物だったんだ。しかしどうやら当代の国王陛下は、その危険を見抜いていたらしい』

『混乱を最小限にするために、ご自身の身代わりを立てた上で城を空けて、秘密裏に動いていらっしゃったそうだよ』

『そして黄金の鷹が本性を表す月食の夜に、見事討伐に成功したんだと！　国王陛下のご活躍がなければ、なんでも大変なことになっていたみたいだぜ』

『そんな陛下をお傍《そば》で手助けなさったのが、ご婚約者のナイラさまなのね。互いに助け合って国と民を守ってくださる、なんと頼もしいおふたりなのかしら！』

そんな中、若き国王アシュバルは、国民たちの前でこう説いた。

『これまでの我が国は、黄金の鷹によって生まれ出る黄金に縋《すが》り生きてきた。しかし、市井《しせい》の中で育ってきた私は知っている――この国の民の強さを、太陽のごとき素晴らしき人柄を、砂嵐を前にしても挫《くじ》けぬ勇敢さを！』

人々は真摯にアシュバルを見上げ、その言葉に心打たれて頷《うなず》いたのだ。

貧しく過酷な暮らしを経験しているアシュバルの声は、遠い王族のものとしてではなく、共にこの国で生きてきた人間の言葉として響いたのである。

『我が国民のひとりひとりに、黄金よりも尊き価値がある。我らが共に手を取り合い進めば、どのような生まれの者も飢えることのない、強く眩《まぶ》しい太陽の国が広がってゆくと確信している。……たとえ、黄金の鷹など無くとも！』

そうしてアシュバルは、国民たちを見下ろしてふっと笑った。

心から誇らしいものを眺めるような、そんな笑みだ。アシュバルが視線の先に捉えるのは、間違いなく国民ひとりひとりの姿だった。

『そうして出来上がった国こそが、真の黄金郷だ』

『……っ』

民たちが大きな歓声を上げ、拳を振り上げて王を讃《たた》える。

『アシュバル陛下、太陽の王！』

『我らが国王、その御世《みよ》に栄光を……！』

後ろに控えていたひとりの女性が、そっとアシュバルの隣に並ぶ。お互い支え合うように視線を交わすふたりの姿に、国民はますます沸いたのだった。

『アシュバル陛下と未来の妃殿下、ナイラさまに祝福を！』

＊＊＊

『これでなんとかなりそうね。アシュバル』

王の演説が終わったあと、それをこっそり見ていたクラウディアとノアは、別れを告げるためにアシュバルのもとにいた。

大仕事が終わった直後のアシュバルは、堅苦しい衣服の襟元を緩めることもなく、胸に手を当てて礼の姿勢を取る。

『クラウディアとノアのお陰だ。色々と力になってくれて、本当にありがとう』

『最初に言ったでしょう？　ただの交換条件よ。私たちは代わりに、レミルシア国の監視をお願いするのだもの』

『分かっている。状況は常に報告して、警戒し続けると約束するよ』

第一に、アシュバルたちはここからだって大変だ。これまでの財宝の貯蓄はあり、すぐに飢える心配がないとはいえ、この国は本当の国力というものが試されてくる。

（とはいえ、この砂漠に広大な国が出来上がって二十年。そのあいだに築かれた流通や商い、人の流れ……黄金がなくなっても残るものたちがあるわ。それらを利用した活路も、一丸《いちがん》となれば切り拓《ひら》けるはず）

いままでとこれからでは、王の仕事もきっと変わってくるはずだ。ノアが少しだけ難しい顔をしていると、アシュバルが苦笑する。

『はは、ノアの言いたいことは分かってるよ。無駄飯喰《ぐ》らいの大臣は、真っ先にどうにかするさ。親父《おやじ》の代からのしがらみで処分できないなら、そのしがらみごと利用して国を発展させる』

『……それがよろしいかと。その点におかれましては、ファラズ殿がさぞかしご活躍なされるでしょう』

『おい坊主、さり気なく俺に矛先を向けるんじゃねえよ。……ま、頑張りますがね』

クラウディアがくすくす笑っていると、ぱたぱたと軽い足音が響いてきた。

『クラウディア！』

『あら。ナイラ』

彼女は演説の際に着ていたドレスから、動きやすい衣装に着替えてきたようだ。煌《きら》びやかだが有事の際にもすぐに動けそうな衣装は、ナイラによく似合っている。

『ひょっとして、もう出発するのか!?』

『ええ。残念だわ、あなたたちの結婚式まで滞在していたいくらいだったけれど……』

クラウディアが少し揶揄《からか》うと、ナイラの頬が赤く染まる。

婚約者同士ではあったものの、長らくのあいだ『婚姻の時期は未定』とされていたふたりの結婚が、急遽《きゅうきょ》半年後に決まったのだ。

恥ずかしがっていたナイラだが、すぐにその表情を曇らせて言った。

『……さみしくなる。というか、今もすでにさみしい』

『ありがとう。私もさみしいわ、ミラと会えなくなるのも』

『また遊びに来てくれ……！　それから是非とも、私たちの式にも』

『ナイラ』

その約束をすることは、出来なかった。

断ることもしたくなかったので、クラウディアはぎゅっとナイラを抱き締める。すると何かを察したナイラが、はっとしたように息を呑《の》んだ。

『次に会えるのが楽しみだわ。それまでどうか、愛する人と元気でね』

『……ああ』

砂漠の国で出来たこの友人は、クラウディアのことを抱き締め返しながら祝福をくれる。

『クラウディアも。愛する人と、元気で』

『……ふふ！』

そうしてクラウディアたちは、黄金の砂漠を後にしたのである。

塔の自室の椅子に座り、ノアのお茶を味わったクラウディアは、ほうっと息を吐き出した。

「林檎《りんご》の香りのお茶なんて初めて。シャラヴィア国で作られる品々には魅力的なものが多いから、きっとこの先も安泰ね」

「……」

これで全ての気が済んだ。林檎の香りを堪能し終えたクラウディアは、カップをテーブルに戻す。

「父さまに手紙を書いたし、カールハインツにも読むように言ったわ。兄さまたちへのお手紙も入れておいたから、きっと渡してくれるでしょう」

「姫殿下」

「ノアのお茶。本当においしかった」

ただひとり、クラウディアのために研鑽《けんさん》された腕前だ。

すべてクラウディアの好むように、それだけを考えて淹れてくれたお茶が、世界で一番美味《おい》しいのは当然だった。

「髪の結い方も、魔法によるドレスも。私が自分で作るより、ノアに贈られた方がずっと好きよ」

「………」

「どうしたの？　ノア」

クラウディアがノアを褒めたとき、いつもならそれを受け取っての言葉が返されるはずだ。

けれども今日のノアは目を伏せて、静かにこう紡ぐのだった。

「まるで別れのようなお言葉を、そんな風に笑って口になさらないでください」

クラウディアは微笑んだまま目を細め、立ち上がる。

寝台にぽすんと腰を下ろすと、おいでおいでと手招きをした。それに従ったノアが迷わずクラウディアの前に跪《ひざまず》こうとするので、その手を取って引き寄せる。

「こっちよ」

「姫殿下」

クラウディアの隣に座ったノアは、物言いたげなまなざしを向けてくる。少し怒っているかのような、さみしそうな、拗《す》ねて甘えるかのような表情だ。

「主君に置いて行かれるときの、ワンちゃんみたいね」

「……状況に相違はありませんが」

「あら。違うわよ」

クラウディアはノアの頭を撫《な》でながら、安心させるように言い聞かせる。

「私はずっと、お前の傍にいるわ。……偽りの死を迎えても、ね」

「…………」

ノアが眉根を寄せ、言葉を押し殺すかのように両手を握り締めた。

だからクラウディアはもう一度、ノアに先日と同じ言葉を告げる。

「この『クラウディア』の体は、『アーデルハイト』の器として保《も》たないの。だから魔法を使うと眠くなるし、その体質が成長しても変化しない」

そのことの特異さは、ノアだって何年も前から感じていたはずだ。

「そのために、偽りとはいえ死を選ばれると？」

「もう。言ったでしょう？　本当の死ではないのだと」

魔法を使うと眠くなるのは、幼い頃の体が強力な魔力に耐えられないからだと考えていた。

けれども十三歳になったクラウディアは、前世のアーデルハイトが十三歳だった時の、十分の一も魔法を発揮できないままだ。

（そんな体に生まれてきた理由も、なんとなく推測できるけれど……）

思い出すのは、シャラヴィア国で目にした女神像だ。

あの女神像が何処《どこ》かクラウディアを思わせるのだと、最初にノアから聞いていた。実際にクラウディアも目にしたところ、ノアがそんな風に言う理由が分かったのである。

あの女神像は間違いなく、クラウディアに関わったとある人物をモデルに作られていた。

クラウディアたちはずっと、各国の王族に呪いの魔法道具を渡し、唆《そそのか》してきた存在を探していた。

呪いの魔法道具と共にあった像も、恐らく無関係ではないだろう。

これまでのさまざまな経緯を集めてきても、何処となく予想される存在はあるのだ。

けれども今のノアにそれを伝えれば、きっとどれほど危険であろうと、ノアがひとりで対処してしまう。

（それを告げるのは、私が生きて戻れたらね）

そんなことを考えながら、ノアの頭を撫で続ける。

柔らかな髪、可愛《かわい》いつむじ、それから下ってその頰を。

「私はただ少し、長い眠りに就くだけ。──呼吸もしないし、心臓の鼓動も聞こえない。それでも亡骸《なきがら》の朽ちない眠りよ」

「……」

「そのあいだ、私の体には魔法が巡り続ける。無事に目覚めることが出来たらきっと、お前の主君は力を取り戻すはず」

体を仮死状態にした上で、魔術を使って補強する。

いわばこれは、治療のための長い眠りなのだ。器として不完全な、それでも愛着のあるこの体を、魂の強さで壊さないようにするために。

（──そうしなくては、ジークハルトたちとの戦いでは保たない）

自分の体がとても脆《もろ》いことを、クラウディアは改めて思い知った。

だからこそこれを決断し、ノアにだけこっそりと告げたのだ。ノアは動揺し、何度もクラウディアに質問を重ねた上で、最終的に頷いた。

主君の意向に忠実な、とても可愛い従僕だ。

それでもやはりこうやって、引き止めたがる仕草を見せる。

いつもは自分からクラウディアに触れることなんて少ない癖に、クラウディアがノアを撫でる手を摑《つか》むと、自ら頰を擦り寄せるのだ。

（かわいい）

クラウディアはくすっと目を細め、ノアを見詰める。

仮死の魔法に危険が伴うことも、下手をすればクラウディアがそのまま二度と目覚めないことも、ノアにはすべてを話している。

（それでも信じて、私のしたいことに従ってくれる。私のノア）

クラウディアは手を伸ばし、ノアを強く抱き締めた。

「姫殿下」

「……以前の私のままであれば。お前には何も告げないまま、この選択をしたでしょうね」

アーデルハイトと呼ばれた前世で、弟子たちを置いて死んだときのように。

ノアと出会ったばかりのころ、ノアの未来を守ろうとして、自分が死んでも構わないと感じたときのようにだ。

何もかもノアに伏せたまま、黙って眠りに就いただろう。

「けれどいまは、ノアにだけは全部伝えたいの。私が選ぶことも、そのことによって招かれる危険も、何もかもを」

「…………」

（まだ少しだけ秘密を残していることは、どうか許してね）

多分許してはくれないだろうから、叱られる材料にとっておこうと思う。

魂の年齢としては年下であり、従者という立場でもあるノアに時々叱られるのが、クラウディアはとても好きなのだ。

「……あなたはずるい」

やはり拗ねたようなその声音で、ノアがクラウディアを抱き返す。

壊れ物を扱うかのようなのに、それでいて力強い腕の力は、すっかり成長した青年のそれだ。

「そのように仰《おつしや》られてしまっては、聞き分けたふりをするしかありません」

「分かっているわ、お前は私の良い子だもの。……ねえノア」

クラウディアはくすくすと甘え、ノアの胸に額を擦り付ける。

「私がどうなっても。お前だけは真《ま》っ直《す》ぐに、今のままでいてね」

「………………」

置いて行った前世の弟子たちは、きっと多かれ少なかれ、『アーデルハイト』の死によってその道が変わってしまった。

けれどもクラウディアは信じているのだ。

「私の可愛いノアでいて。やさしくて誠実で、誰よりも強い子」

「……姫殿下」

「約束よ。私はお前のことが、大好きなの」

そう伝え、体を離す。

黒曜石の色をしたノアの双眸《そうぼう》と、真っ向から視線が重なった。

「……約束いたします」

静かに何かを堪《こら》えるような、それでいて真摯なまなざしだ。

ノアの手がクラウディアの手に触れて、指を絡めるように握り込む。

「何があろうと。俺はあなたの、変わらない従僕であり続けると」

「私も。……お前の王女のまま、眠りに就くわ」

無詠唱で発動させたその魔法は、七色の光を帯びた球体だった。ふわりと美しく光るそれは、前世のアーデルハイトが命と引き換えに世界を守った、その魔法の亜種である。

命を壊して、強大な力を生み出す魔法だ。クラウディアは寝台にぽすんと転がると、にこりと微笑んでノアを呼んだ。

「ねえノア。最後に一度だけ、こっちに来て」

「…………」

クラウディアと同じ寝台に乗ることを命じると、ノアはいつも苦い顔をする。けれども今日だけは何も言わず、クラウディアの傍に片膝をついた。

「良い子ね」

「姫殿下。これは……」

「もう少し」

「！」

ノアの首へと腕を回した。片手でその後ろ頭を引き寄せると、クラウディアは目を閉じる。

それから、ノアのくちびるに口付けた。

「────……」

そうしてすぐにキスをやめ、ぽすんと枕に頭を預ける。

満足して笑ったクラウディアを見下ろし、僅かに驚いた表情のノアが、瞬《まばた》きをしてその声でクラウディアを呼んだ。

「──姫さま」

「おやすみのキス。……ちゃんと目を覚ます、約束よ」

「…………」

悪戯《いたずら》が成功したような気持ちでそう告げると、ノアが目を眇《すが》める。

かと思えば次の瞬間、クラウディアも予想していなかった振る舞いを取るのだ。

「……！」

覆い被《かぶ》さったノアから口付けをされて、クラウディアはぱちりと瞬きをする。

クラウディアがしてみせたのと同じように、短い時間のキスだった。けれどもくちびるを離したノアは、低く掠《かす》れた声でこう囁く。

「俺はあなたを待ち続けます。……どうか俺のことを哀れに思い、早くのお戻りを」

「……ノア」

クラウディアはゆっくりと目を閉じて、再びノアに身を擦り寄せた。

「約束ね」

「お願いいたします。恐らくは、数日も待てそうにないので」

「ふふふっ！　それは無理だわ、少なくとも一年は掛かるもの！」

冗談に見せ掛けた本気の要求に、クラウディアは声を上げて笑った。それからようやくノアから腕を離し、今度は手を繋《つな》いでもらう。

「おやすみなさい、ノア」

「……はい。おやすみなさい、姫さま」

幼い頃の呼び方を微笑ましく思いながら、クラウディアはゆっくりと目を閉じる。

けれども『一年』という月日を過ぎても、クラウディアが偽りの死から目を覚ますことはなかったのだった。

つづく

番外編　唯一の王女

その日、村へ買い出しに訪れたノアが受け取ったのは、村人からの予期しない贈り物だった。

ここはノアがクラウディアに拾われたときから、日常的に通い続けている村だ。九歳の頃からノアを知っている村人たちは、「十六歳おめでとう」という祝福を口にしながら、示し合わせたようにそれを渡してくれた。

チーズやミルクなどの日用品と共に、それらの贈り物を抱えて塔に戻る。すると出迎えのクラウディアが、ノアを見て楽しそうに目を輝かせるのだ。

「ノア！　ひょっとして、ついにお酒を飲んでみることにしたのかしら？」

「いえ、これは……」

クラウディアがそう考えたのも無理はなく、ノアはそちらに視線を向ける。村人から贈られて大量に持ち帰ったのは、それぞれに銘柄の異なる酒の瓶だった。

「村の皆さまが俺を見るなり、それぞれのご自宅から持ち出して下さったものです。『十六歳になるのを待ち構えていたのに、誕生日が来た途端に顔を見せなくなった』とのお叱りを」

「叙勲式やシャラヴィア国への滞在で、長らく塔を留守にしていたものね。そういえばお前が成人した誕生日を迎えてから、今日が初めての買い出しだわ」

ノア自身がさほど意識していなかったことを、クラウディアは覚えていたらしい。木箱に入れた酒の瓶を取り出した主君は、それらを一本ずつしげしげと眺めている。

「どれも全部違うお酒。ふふ、きっとそれぞれがノアのためにと考えてくださったのだわ」

「……それほど味が違うものなのですか？」

「あら、自分で知るからこそ意味があるのでしょうに。ノア、いつ飲むの？」

クラウディアが何処《どこ》かわくわくしている理由が何か、ノアはこの時点で気が付かなかった。一方で思い浮かぶのは、先日シャラヴィア国ファラズに言われた言葉だ。

ファラズはノアに対し、『まずは安心できる場所で酒を試して、自分が飲める酒の量を覚えておくべきだ』と言っていた。

素直に従うのは些《いささ》か不本意だが、納得できる論でもある。

（安心できる場所……）

つまりは酩酊《めいてい》による失態があったとしても、ある程度は問題ない環境が必要だ。これは自分を試すための酒であり、修行や鍛錬の一環なので、早い方がいいだろう。

「姫殿下がお許し下さるのであれば、今夜にでも」

「ええ、もちろんよ！」

「ありがとうございます。では」

同席する人間も重要だ。ノアに何かあったときの後始末を頼める相手は、ひとりしかいない。

「――カールハインツさまにお声掛けし、お付き合いいただくことに致します」

「…………そう」

その瞬間、ノアは『しまった』と全てを察した。

「姫殿下」

「つまりノアったら。お前の記念すべき初めてのお酒を、私以外と嗜《たしな》むつもりなのね？」

「そのように仰《おつしや》っていただくほどの出来事では。あくまで通過儀礼として、耐性を確認するためだけの飲酒ですので」

けれどもクラウディアは、ぷくっと丸く頬を膨らませてしまう。

「姫殿下。酒を飲んだ俺がどのような失態を見せるか分からない以上、あなたの前でそのような無様を晒《さら》す訳には参りません」

「だからこそでしょう。従僕を見守ることこそ主君の務めよ」

「ご迷惑をお掛けする可能性もあります。万が一のことがあっては……」

クラウディアは拗《す》ねた目で、じっとノアのことを見上げて言う。

「お前の特別は全部、私のものではなかったの？」

（く…………）

最初から、ノアが抗《あらが》い切れるはずもないのだ。

「……姫殿下のお命じになるままに」

「お利口ね、ノア！」

ノアはクラウディアのために酒ではない飲み物を作るべく、今日買ってきたばかりの果物に、その手を伸ばすのだった。

＊＊＊

塔には寛《くつろ》ぎのための小さな部屋があり、暖炉や長椅子などが置かれている。普段はクラウディアが読書などをして過ごす空間のテーブルには、所狭しと料理が並んでいた。

クラッカーにクリームチーズを塗って胡椒《こしょう》を振り、鮭《さけ》の燻製《くんせい》を乗せてレモンを絞った皿や、新鮮な野菜だけで作ったサラダ。低温で時間を掛けて焼いたローストビーフ。他の料理もすべて、クラウディアのリクエスト通りにノアが作ったものだ。

そうしてノアは長椅子の右側、恐れ多くもクラウディアの隣に腰を下ろしている。並んで座るようにとの命令で、クラウディアはぱちぱちと拍手をして喜んだ。

「それでは早速お酒を開けましょう！　今日は私が注いであげる」

「身に余る光栄を賜《たまわ》り、ありがとうございます。……そちらは？」

「深淵《しんえん》の森に咲く花から作られる、伝統のお酒。フルーツみたいに甘いのにすっきりしていて、口当たりが滑らかなの」

とくとくとグラスに注がれる酒は、蜂蜜のような淡い金色だった。

「お口の中でしゅわしゅわするのよ。初めてでも飲みやすい味だと思うわ」

にこっと笑ったクラウディアは、ノアの知らないことをなんでも知っている。

実年齢が十三歳であり、華奢《きやしや》な外見によってもっと幼く見えるとしても、前世の彼女は十八歳だ。

酒精を嗜んだことも、大人だけが参加できる夜会に出ていたこともある。

（その経験に、後から追い付けるはずがないのは当然だ）

それが分かっていても、ノアは眉根を寄せた。

「――頂戴致します」

「あら。あまり一気に飲み干しては……」

元より二口分程度で注がれていた酒は、グラスを傾けるとすぐに無くなった。クラウディアの言う通りに花の香りがして、酒というよりも果汁を飲んでいるかのような味だ。

「……うまい……」

小さな声で呟《つぶや》くと、クラウディアは嬉《うれ》しそうに目を細めた。

「大正解ね。ノアが好きな味だと思ったの」

「姫殿下」

「お前が私をよく知っているように、私もお前のことを知っているのよ」

何処か誇らしげにするクラウディアの表情に、ノアは眩《まぶ》しいものでも見るような心地がした。

ノアのために世話を焼くクラウディアが上機嫌なのは、決して思い上がりではないだろう。

「他のお酒も飲ませてみたいところだけれど、少しずつ様子を見なくてはね。お料理を食べさせてあげる、あーんして？」

「いえ。それは謹んで辞退させていただきたく」

こうしてノアは少しずつ、さまざまな酒の味を確かめていった。

熟成された葡萄酒《ぶどうしゅ》や、水の精霊という名がついた水桃《すいとう》の果実酒。赤唐辛子が漬け込まれた酒など、贈り物の中には多種多様の酒がある。

高価な酒も存在していたようで、その瓶のラベルを見付けたクラウディアは、『ノアのために奮発してくださったのね』と笑っていた。

「ノアはお酒に強いのだわ。ほとんど顔色が変わっていないもの」

「自分ではあまり分かりませんが。姫殿下が飲み方をご教授くださっているお陰では？」

「もちろん合間にお水を飲んだり、しっかり食べることも大事だけれど。それで根本的なお酒への耐性が強化される訳ではないから、ノア自身の体質が最も大きな要素ね」

ノアが心底から安堵《あんど》したのは、酒によってクラウディアに迷惑を掛ける恐れが軽減されたという点だ。とはいえ、皆無になった訳ではない。

（酒への耐性確認は完了した。ここにある酒をすべて飲んだあとは、村人たちに返礼をして……これ以降二度と飲まずにおけば、姫殿下をお守り出来る）

「…………」

そんなことを内心で考えていたのが、クラウディアには見通されてしまったのかもしれない。

ノアが手にしていたグラスが、横からクラウディアに奪われる。それに合わせて隣を見たノアは、彼女を見て目を見張った。

「っ、姫さま！」

「ノアったら」

少し拗ねた表情をしているのは、いつのまにか大人の姿になったクラウディアだ。

十三歳の子供の姿に比べて、隣に座っているノアとの距離が近い。身長が伸びた分だけではなく、ノアの顔をずいっと覗《のぞ》き込んできている。

「お前のお祝いをする席なのに、真面目なことばかり考えているわね？」

そんな言葉に、ノアは少し驚いた。

「祝い？」

「そうよ。私のノア」

クラウディアはノアの頰に手を伸ばすと、仕方のない子供をあやすように目を細めた。

「お前が十六歳になった、その喜びを祝うお酒。お誕生日はどの年齢にとっても素敵なものだけれど、成人を迎える十六歳はひとつの『特別』だわ」

大人の姿になったクラウディアの睫毛《まつげ》は、少女の姿よりも更に長い。繊細な硝子《ガラス》細工のように美しく、瞬《まばた》きの度に星を散らす。

「私はね。お前が早く大きくなりたいと努力する姿を見て、ゆっくり大人になれば良いのにと考えていたの」

「……愚鈍な速度で成長して、あなたをお守り出来るはずもありませんから」

「それでも子供でいられる日々は、本当に掛け替えのないものよ。私のようにもう一度やり直せる人間を除けば、それはたったの一度きり」

クラウディアの手が、ノアの頰をよしよしと撫《な》でる。いつもなら子供をあやすための触れ方だと感じるそれが、今日は少しだけ違っていた。

「小さなノアは頑張り屋さんだったのだから、私のもとに来たあとは、もっと子供らしく育っても構わなかった。……その気持ちだって確かな本心だったのに、とても不思議ね」

クラウディアはくすっと笑い、大切なものを見るまなざしをノアに注ぐ。

「お前が大人になったことが、こんなにも嬉しいだなんて」

「……！」

目を細めて蕩《とろ》けるように笑うクラウディアは、息を呑《の》むほどに美しかった。

「……姫さま」

「勿論《もちろん》もっともっと大きくなるわ。十九歳の姿になったときより、まだ身長も体格も少し幼いものね」

十六歳という年齢で『幼い』という表現を使われるのを、普段なら複雑に感じただろう。けれども今は、顔を顰《しか》める気にはならなかった。

「それでも私の可愛《かわい》いノアが、お酒を飲める年齢になったのだもの。騎士の叙勲を終えて、生きる力を身につけて、特別な魔法なんて使わなくともなんだって出来るようになる」

クラウディアはノアから奪ったグラスをテーブルに置き、今度はその両手でノアの頬をくるむ。

彼女が少し首を傾《かし》げるようにして微笑《ほほえ》めば、ミルクティー色の髪がさらさらと零《こぼ》れた。

「……そのことが、とても嬉しい」

「…………」

クラウディアが『ノアはお酒に強い』と言ってくれたのは、従僕に対する買《か》い被《かぶ》りではないかと感じた。

何故《なぜ》ならばノアはその瞬間に、思わず手を伸べてしまったからだ。

「寂しい、と」

「！」

クラウディアの髪に触れ、柔らかく梳《す》くように指へと絡める。クラウディアの耳元へ、くちびるを寄せるように身を屈《かが》めた。

「そう仰ってては、下さらないのですか？」

「ノア」

普段ならば、こんな行動は絶対に取らない。

かといって、決して酒を言い訳にするつもりはなかった。クラウディアに告げたいと願ったのは、間違いなくノア自身の冷静な意思だ。

「俺が一刻も早く成長したいと足掻《あが》いたのは、常にあなたのお傍《そば》にいるためです。俺が得た力も身分もそのすべてが、あなたのために存在する」

この声で紡ぐ言葉を、クラウディアが忘れないように。逃さないように。

彼女の背へと手を添えて、ノアは続ける。

「どうか覚えていてください。……あなたは俺の、ただひとりの王女だ」

「――――……」

どれほど深い眠りの中でも忘れないようにと、そう祈った。
「もちろんよ。私の従僕」
クラウディアはノアの首へと腕を回し、やさしい声で囁《ささや》くのだ。

「……ごめんね、ノア……」
(……そんな風に、仰るくらいであれば……)

そこから先に伝えたかった言葉は、決死の思いで押し殺した。

ノアの大切なこの主君は、もうすぐ仮の死を迎える。そのことを泣いて引き止められるような幼い子供であったならば、クラウディアはどんな顔をしただろうか。
あまりにも無意味な想像に、ノアは強く目を閉じた。腕の中に閉じ込めたクラウディアを離すことは、しばらくの間出来そうもない。

おわり

あとがき

雨川透子《あめかわとうこ》と申します。この度は追魔女《ついまじょ》4巻をお手に取っていただき、ありがとうございます！

この4巻で、ノアは物語世界の成人である十六歳になり、クラウディアは十三歳になりました！ふたりが出会ってから七年目の物語です。

物語が大きく動く巻ですが、この巻も書きたいことをめいっぱい詰め込めて楽しかったです！

黒裄《くろゆき》先生のイラストは今回も美しく、このカバーイラスト……!! ご覧ください!! 王さまノアと寵姫《ちょうき》クラウディアの美しさに大はしゃぎしました！ いつもありがとうございます……！

そして本巻と同時に、芹澤《せりざわ》ナエ先生によるコミックス1巻も発売です。大迫力のバトルと繊細に描かれる主従の関係性を、こちらも是非是非ぜひに！ お楽しみください!!

皆さまに応援いただけるお陰で、お話は5巻に続きます！ いつも読んで下さりありがとうございます。クラウディアとノアの物語をもっと楽しんでいただけるよう、全力を尽くして参ります！

次の巻でまたお会い出来ますように！ 読んで下さりありがとうございました！

次巻予告
クラウディアの『死』から三年。
朽ちない亡骸に蘇生の気配はなく、
花に埋め尽くされた棺の中で眠り続けていた。
十九歳のノアはクラウディアの
意を汲んで王都の魔術騎士となり、
次期筆頭魔術師と呼ばれるまでに
成長していた。
あくまでノアの目的は、クラウディアを蘇生させること。
だが、目覚めさせるために必要なものが分からない。
そのさなか、三年間に及ぶ大喪の儀が解除となったジークハルトが、
クラウディアを入手すべく動き始め――。
虐げられた追放王女は、
転生した伝説の魔女でした
5
迎えに来られても困ります。
従僕とのお昼寝を邪魔しないでください
2024年冬発売予定！

コミカライズ好評連載中!!
虐げられた追放王女は、転生した伝説の魔女でした
～迎えに来られても困ります。従僕とのお昼寝を邪魔しないでください～
漫画◆芹澤ナエ　原作◆雨川透子　原作イラスト◆黒裄
コミカライズ最新情報はコミックガルドをCHECK!!
https://comic-gardo.com/

虐げられた追放王女は、転生した伝説の魔女でした 4
～迎えに来られても困ります。従僕とのお昼寝を邪魔しないでください～

発行　2023年8月25日　初版第一刷発行
著者　雨川透子
イラスト　黒裄
発行者　永田勝治
発行所　株式会社オーバーラップ
〒141-0031
東京都品川区西五反田8-1-5
校正・DTP　株式会社鷗来堂
印刷・製本　大日本印刷株式会社

ISBN 978-4-8240-0589-2 C0093

【オーバーラップ　カスタマーサポート】
電話　03-6219-0850
受付時間　10時～18時（土日祝日をのぞく）

作品のご感想、ファンレターをお待ちしています

あて先：〒141-0031　東京都品川区西五反田8-1-5 五反田光和ビル4階　ライトノベル編集部
「雨川透子」先生係／「黒裄」先生係

スマホ、PCからWEBアンケートにご協力ください

アンケートにご協力いただいた方には、下記スペシャルコンテンツをプレゼントします。
★本書イラストの「無料壁紙」　★毎月10名様に抽選で「図書カード（1000円分）」

公式HPもしくは左記の二次元バーコードまたはURLよりアクセスしてください。
▶ https://over-lap.co.jp/824005892
※スマートフォンとPCからのアクセスにのみ対応しております。
※サイトへのアクセスや登録時に発生する通信費等はご負担ください。

オーバーラップノベルスf公式HP ▶ https://over-lap.co.jp/lnv/